アメリカ海兵隊最強の狙撃手と呼ばれた男

THE SNIPER

THE UNTOLD STORY OF THE MARINE CORPS' GREATEST MARKSMAN OF ALL TIME

ジム・リンジー
JIM LINDSAY

序文 チャック・マウィニー
CHUCK MAWHINNEY

角 敦子 訳

原書房

最初の派遣任務に就いたばかりのころ。
まだ歩兵としてフバイで橋を警備していた。

アンホアのスナイパー仲間と。

※写真はすべてチャック・マウィニーの個人アルバムより

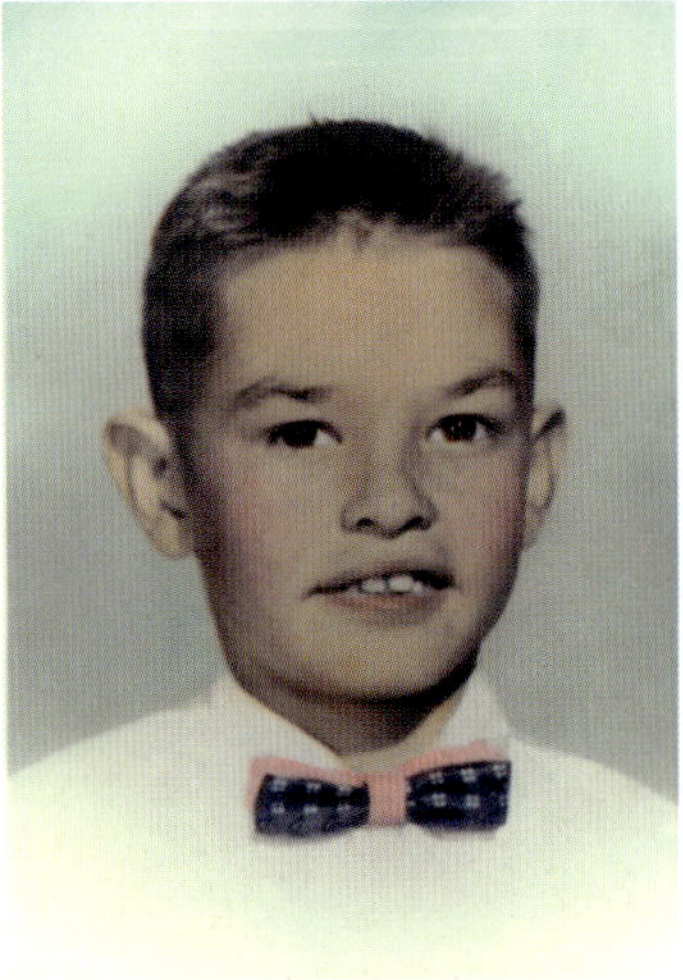

小学校２年生のチャック。

高校の最終学年で、 クローズドサーキット・レースに参加。

高校生のチャック（当時の呼び名はチャーリー）。

高校時代のチャックと乗っていた飛行機。

バンコクでの最初の帰休。

ジョージと狩猟をするチャック（左）。

２度目の派遣任務。 小道で撮影。

２度目の派遣任務。 アンホアで観測手と。

スナイパーとして初の派遣任務に就いたころのチャック。まだ少年の面影が残る。

アンホアで小型輸送車両「ミュール」の隣でくつろぐ。

リバティー橋戦闘基地で、将校たちから戦地昇進の栄誉を受ける。

チャック２度目の派遣任務。アンホアにて。

ラオスに向かうべく、 偵察用装備一式とともに、 ネットから宙吊りになるチャック。

チャックが仲良くなった村の子供たち。 左端の子供をよく見ると、 たばこを吸っている。

リバティー橋戦闘基地近くのリバティー橋とソング川（トゥボン川）。 チャックはこの川を約６キロ右に行ったところで、 北ヴェトナム軍の大隊を阻止した。

武装したヴェトコンをチャックが十字線にとらえている。
写真を撮ったあとに、この敵を仕留めた。

チャックと相棒の観測手。敵の動きを監視している。

チャックが撮影したホーチミン・ルート。

2回目の派遣任務の終わりごろ。小道に腰を下ろすチャック（左）と相棒の観測手。

アンホアでシュガー・ベアを抱きあげるチャック。

CHARLEY MAWHINNEY

Lance Corporal Charles B. Mawhinney, son of Mr. and Mrs. Charles P. Mawhinney of 230 South E. Street Lakeview, will complete his tour of duty in Vietnam on July 13, and will return to the United States at that time.

Corporal Mawhinney has served as a sniper with the 5th Marine Regiment while in Vietnam. He has been awarded the Purple Heart and cluster for being wounded on two occasions and has received the Navy Commendation Medal. He has also been recommended for the Bronze Star and Silver Star Medals.

The young Marine expects to return to Lakeview on July 20 to begin a 20-day leave, at the end of which time he will be reassigned by the U. S. Marine Corps for further duty.

【左】レイクヴューの新聞記事。チャックが最初の派遣任務の終わり近くに負傷したことを伝えている。

チャールズ・B・マウィニー上等兵（両親はレイクヴュー、サウスEストリート230番地に居住するチャールズ・P・マウィニー夫妻）は、7月13日にヴェトナムでの派遣任務を終えて、同日アメリカ合衆国に帰国する。

マウィニー上等兵はヴェトナムで、第5海兵連隊のスナイパーとして任務を果たした。これまで2度負傷してパープルハート勲章を2度授与され、海軍褒賞メダルを受けとっている。青銅星章と銀星章の候補者でもある。

この若き海兵隊員は、レイクヴューに7月20日に帰郷し、20日間の休暇の最終日に、米海兵隊によりさらなる派遣任務を割り当てられる予定である。

アンホアのスナイパー用テントの前で仲間のスナイパーと観測手とともに。 中央がチャック。

チャックはこのM14アサルトライフルと暗視スコープを使って、
トゥボン川を渡ろうとする北ヴェトナム軍の大隊を阻止している。

地元の村から逃げようとして
捕虜になった敵兵。

Ask Me What I Was

I'll reply with what I've done.
Those things others would not do, I did:
Those rivers others would not swim, I swam:
Those hills others would not climb, I conquered:
Those bridges others would not cross, I crossed:
I have celebrated, I have mourned.
I have smiled and I have frowned.
I have seen death and felt its warm breath.
It did not faze me.
For I was different. I was a warrior.
You ask me what I was? It was my destiny.
Until my last breath.
To be a United States Marine.
And my spirit shall live forever.

Semper Fidelis
For I was, am and shall forever be a
"United States Marine"

海兵隊の標語、「つねに忠実な」

わたしがどのような人間だったかを聞いてほしい。

わたしはそれに答えて、これまでの行ないをあげるだろう。ほかの者がやろうとしなかったことをわたしはした。ほかの者が泳ごうとしなかった川を泳いだ。ほかの者が登ろうとしなかった山を制覇した。ほかの者が渡ろうとしなかった橋を渡った。わたしは祝福した。悲しみ、ほほえみ、眉をひそめ、死を目撃し、その温かい息づかいを感じた。それでもわたしは怯まなかった。

なぜならわたしはほかの者とはちがっていたから。わたしは戦士だった。わたしがどのような人間だったかを尋ねるなら、米海兵隊員であることは、最後の息をするまでわたしの運命だったと答えよう。そうしてわたしの魂は永遠に生きることになるのだ。

つねに忠実な
なぜならわたしはこれまでも、
そして未来永劫に「米海兵隊員」であるからだ。

米森林局時代の狩猟。

スナイパーの再会。
右から3番めのチャックは、 マークとシュガー・ベアにはさまれている。

アメリカ海兵隊
最強の狙撃手と呼ばれた男

目次

序文

わたしの名はチャールズ・ベンジャミン・マウィニー。たいていチャックの名でとおっている。もっとも家族のあいだや郷里のオレゴン州レイクヴューでは別だが。そういったところでは、ずっとチャーリーと呼ばれていた。父方の親戚の男子名のバリエーションは、どうやら3つのようだ。チャールズ、ウィリアム、ベンジャミン。ラッキーなことに、わたしは3つのうちふたつをもらっている。

30年くらい前は金曜の晩になると、こぢんまりとしたアイドル・アワーという居酒屋に、1日の労働をようやく終えたあらゆる労働階級の者が集まったものだ。ジム・リンジーという名の男と出会ったのもそこ。ジムはその周辺の谷間で農業をしていて、ちょくちょく話をするようになった。ほどなくしてうちにカモ猟に来ないかと誘ってくれたのは、ジムの土地に川が流れていたからだ。狩猟には目がないから断る手はない。実際、ジムがわたしのことで知っていたのは狩猟好きだということだけだ。そうやって時々会っていたが、それもある日までだった。居酒屋でだれかが、ジムが農場を売ってウィラメットヴァレーに戻ったと話すのを耳にしたのだ。平地生まれの人間はこれだ。

ジムから電話がかかってきたのは、それからずいぶん経ってからだった。ちょっと遊びに行っていいかというのだ。わたしは答えた。

「いいよ、来てくれたら懐かしい話ができるからな」

やって来たジムは『小さいろくでなしども *The Little Bastards*』という本を携えていた。育った時代について妄想をたくましくして、それを本に書きはじめたらしい。ジムは引っ越したあとにこっちの正体を知ったようだ。少なくともヴェトナムで何をしていたかは。それで興味をそそられたのだろう。しばし歓談したあと、わたしは立ち寄って献本してくれたことに礼をいった。

本を読み終わるとジムに電話して、本が気に入った、その時代の若いころをありありと思いだしたよと伝えた。そうして話しはじめて少しすると、ジムが、これまであんたにかんする本をだれかに書かせたことはあるか、と切りだした。わたしは答えた。フロリダの作家が書くというので5年間協力したが、本の完成間際にそいつが心臓発作であの世に行っちまったと。本が出版されることはなかった、もう1冊出す気にはなれない、とも。ジムはそれからも時折ここに顔を見せていた。まだ町でちょっとした用事があったのだ。そうするとうちに寄って再三本の話をもちだす。終いには伝記を出すことに同意したが、話した内容を一切変えないと約束してもらった。ヴェトナム戦争で戦った人物について書かれた本を何冊か読んだが、書き手が本人でも本人でなくても、現場にいた人間としては、ウソつけといいたくなるような代物もあったからだ。もうひとつ意見が一致したことがある。わたしのひょうきんなところもふくめて成長の物語を描くということだ。ジムはこの本で素晴らしい仕事をして、わたしの物語を伝えてくれたと思う。わたしはただ単純な人間で、ヴェトナムでは与えられた仕事をしただけなのだ。

チャック・マウィニー

著者覚え書き

チャック・マウィニーのことは、有名になる前から知っていた。ふたりともオレゴン州ベーカーシティの製材所近くの居酒屋、要はビールを飲ませる店の常連だったためによく話すようになったのだ。チャックは特別な存在だった。店にいるとうれしくなるような人物なのだ。その後わたしが引っ越し、チャックとはそれきりになった。

10年後、テレビにチャックが出ているのでびっくりした。ショックなことに、海兵隊のスナイパーだったという。そんなことは本人の口から一度も聞いていない。

そこで調べてみると、チャックと彼の軍功を特集した記事がたくさんあり感銘を受けた。これはぜひとももう一度会って、これほどまで長く隠されていた過去の出来事について詳しく聞かなくては。それにしても、とわたしは思った。チャックはわたしを覚えているだろうか。秘密にしてきたことをわたしに明かしてくれるだろうか。そして、これまでだれもチャックにかんする本を書いていないのはなぜなんだろう、と。

わたしは共通の友人を通じて、彼をようやく見つけだした。電話すると、チャックはわたしを覚えていて自宅に招いてくれた。通されたのはオトコの隠れ家的なガレージだ。手作りのテーブルを囲んでスツールにすわり、ビールを傾けながら近況を伝えあった。チャックはわたしのデビュー小説『小さいろくでなしども』を読んで気に入ってくれた。

「オレもそうだった」とほほえみながらいう。

なんとうれしいことか。

「スナイパーだったころについて、話してもらえないだろうか?」

チャックはわたしを見た。真剣そのものの眼差しで。それからスツールを後ろに引くと、ふっと体の力を抜き、また笑みを浮かべた。

「何を知りたいんだ、ジム」

チャックは戦争体験を物語ってくれた。さりげなく淡々と、生死にかかわる状況もたいてい茶化すように。わたしはスツールにすわりながら、その話に魅了されていた。チャックはオレゴン州レイクヴューの山間の町で過ごした、やんちゃな子供時代のことも話してくれた。それから家族と米国農務省林野部での仕事のことも誇らしげに。

なんという人生だろう、と思った。世界にこの物語を知らせなければ。わたしは尋ねた。

「チャック、そんな人生を過ごしてきたのに、どうしてだれもあんたにかんする本を書いていないんだ?」

「ある作家が書こうとしたけど、途中で死んじまったんだ」とチャックは、ちょっと苦笑した。

わたしは思った。まったく、迷信深くなくてよかったぜ。

「チャック、あんたの物語を書いてみたいんだ。あんたの伝記だよ」

彼はまたあの表情を浮かべた。

「楽しくなるぜ！　するってえと、もうちょっとビールがいるな」とわたし。

チャックはニッと笑うと、真顔になっていった。

「その本の内容は、一から十まで事実に反してはならない。オレの記憶にあるかぎりだがな。それから相棒の観測手の名前を変えること。オレは同意なしに素性をバラされた。ほかのだれも同じ目に遭わせたくないんだ」

異論はない。ふたりは握手した。

それからわたしたちは、そのガレージでインタビューを何百時間も楽しんだ。それだけでなく、わたしはヴェトナム戦争について研究し、何十冊もの本を読み、インターネットの情報を漁《あさ》りまくった。だがそれでも物足りない。チャックが語ってくれる国のことを肌で感じたかった。彼の基地だったアンホアを見つけたかった。その熱気とにおい、ヘビ、彼が嚙《か》まれたという虫を。

わたしはヴェトナムへ飛び、サイゴンからハノイにいたる軍事基地と戦場の跡地をめぐった。現地の人々と雑談すると、アメリカ人への好意と、自分らのためにアメリカ人がしようとしてくれたことへの感謝を口にする。チャックたちがしたことが忘れられていないと聞いてうれしかった。

　アンホアはあったにはあったが、ジャングルに呑みこまれていた。猛暑の中、荒れ果てた離着陸場を端から端まで歩いた。虫を叩き、乾いた牛糞をまたぎながら。

　ヴェトナム戦争はわたしの時代に起こった。従軍した兵士たちを誇りに思う。その中には、帰らぬ人となった友人もいた。せっかく帰国した勇敢な男たちの扱われ方を、わたしは恥ずかしく思う。

　わたしは彼らに恩義をこうむっていると感じ、チャックの本を可能なかぎり最高の本にするべく懸命にとり組んだ。

　チャックの要望どおり、本書のどこを取っても彼の記憶がおよぶかぎりウソ偽りはない。観測手の名前は、故人となったシュガー・ベアを除いて変名になっている。また、読者が物語の中にいると感じられるように、出来事を脚色しており、会話や感覚にかんする細かい記述をくわえている。

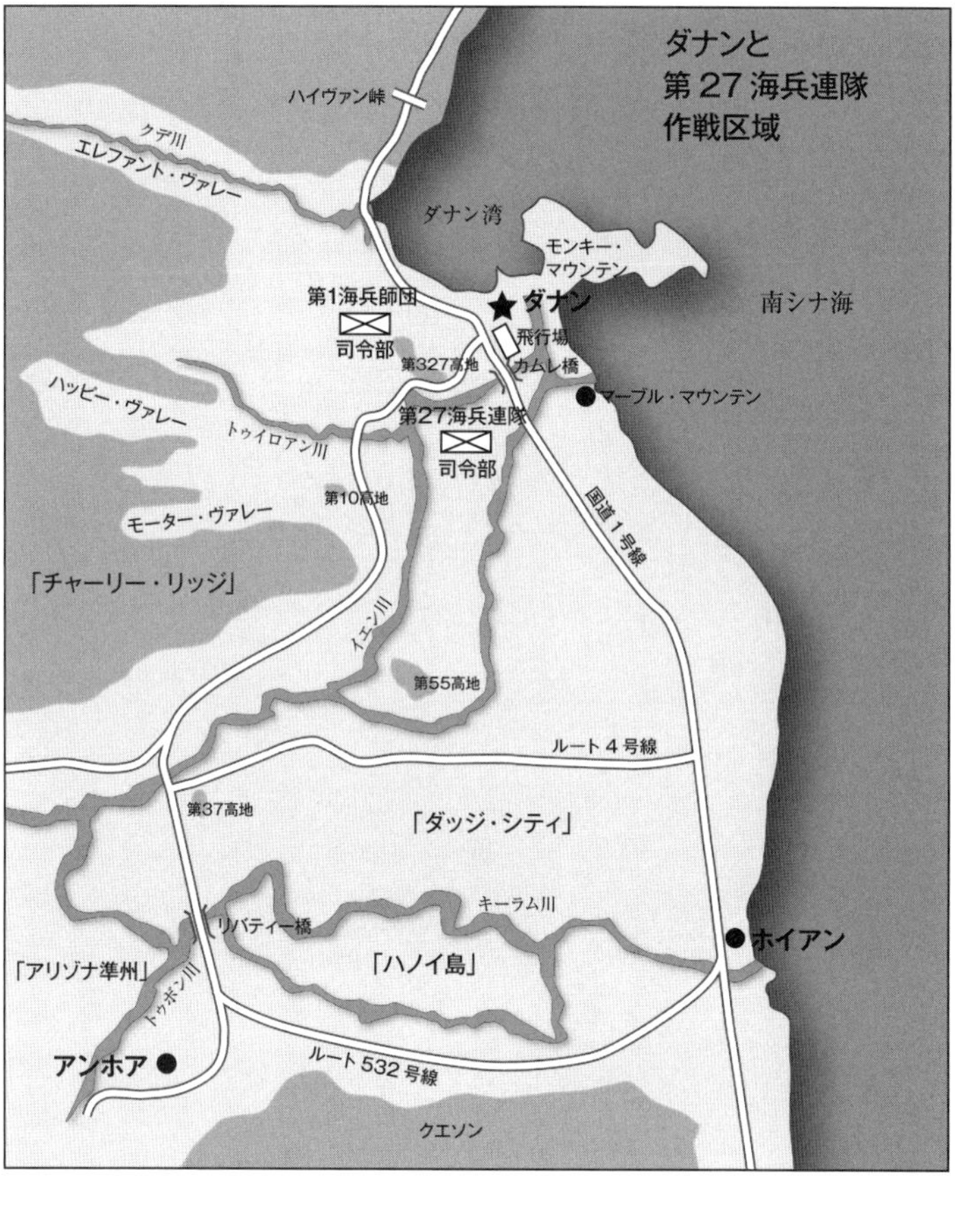
ダナンと
第27海兵連隊
作戦区域
ハイヴァン峠
クデ川
エレファント・ヴァレー
ダナン湾
モンキー・
マウンテン
第1海兵師団
司令部
ダナン
南シナ海
飛行場
第327高地
カムレ橋
マーブル・マウンテン
ハッピー・ヴァレー
トゥイロアン川
第27海兵連隊
司令部
国道1号線
第10高地
モーター・ヴァレー
「チャーリー・リッジ」
イエン川
第55高地
ルート4号線
第37高地
「ダッジ・シティ」
キーラム川
リバティー橋
ホイアン
「アリゾナ準州」
トゥボン川
「ハノイ島」
アンホア
ルート532号線
クエソン

プロローグ

　ワイリー大尉がチャックをふり返った。

「由々しき事態に対処しなければならない。北ヴェトナム軍のおそらくは半分が、ダナンを攻撃するために向かっている。食い止めるか、少なくとも到着を遅らせる必要がある」

「ヤツらが川を渡る場所なら、正確にわかります」チャックは進言した。渡河が可能なほど川幅が狭い場所は1か所しかない。チャックは1年以上配置されているので、「アリゾナ準州」〔ダナンの南西にある地域。米軍の呼称〕のことをだれよりも知っていた。アンホア盆地全体の保安官のようなものだ。

「川まで降りていくのは自殺行為だ」と大尉がいう。

「自分がここから動かなかったら、皆殺しになります」とチャック。

「わかった。敵を見つけたら、ただちにここに戻ってくるんだぞ。いいか」大尉はため息をつきながらうなずいた。

「了解です、大尉」

チャックは川へ行く途中の防衛境界線に立っている兵のところに急ぎ、帰還を知らせる信号とコールサインを確認した。夕闇が迫りつつある。微光暗視装置《スターライトスコープ》が必要になりそうだったので、観測手のカーターと銃を交換してから、川に向かって出発した。途中高さ2メートルを超えるネピアグラスをかき分けていく。

到着した川辺では草の丈は低く、チャックは濁っている水が浅いことを知っていた。川岸で隠れ場所を探すと、川に向かって突きだしている洲に、姿を隠して銃弾から守られる場所があった。座射でライフルの銃架を据えるのにあつらえ向きの射撃陣地だ。北ヴェトナム軍が上下流のいずれから川を渡っても、見逃すことはない。

チャックはスターライトスコープを装着した。モンスーンの雨を降らせる空が暗くても、緑のレンズをとおすと向こう岸の木々を判別できる。

すると間もなく、正面の向こう岸で動きがあり、ひとりの兵士が現れた。胸まで水に浸かって、スターライトスコープの中で緑色の顔を見せている。北ヴェトナム軍のピスヘルメット［防暑帽、探検帽ともいう］をかぶり、ライフルを頭上に掲げていた。

おそらく斥候だろう。撃たなくて済むならそのほうがよい。味方をすぐ後ろに控えた斥候を仕留めたら、目も当てられない事態になる。敵軍は川を突っ切って、第5海兵連隊第1大隊デルタ中隊の居所を突き止め、虐殺におよぶだろう。

チャックは十字線《レティクル》をこの敵に合わせ、川を渡る姿に頭の中で引き金を引くタイミングをうかがった。

斥候《せっこう》はチャックの居場所のすぐそばまで来て川を出て、土手をのぼり立ち止まった。水が滴り落ちる音が聞こえるほど近い。そしてふり向くと、まるでチャックが見えているかのようにまっすぐ彼のほうを見た。背筋の凍る視線だ。チャックが安全装置を素早く解除する。だが、男は顔をそむけるとチャックの横を通りすぎてネピアグラスに向かっていった。照準にとらえたその姿をチャックが追う。このまま中隊に向かわせるわけにはいかない。息を吐ききり、トリガーにかけた指に力をこめる。いつでも片づけられる。

男は踵《きびす》を返すとふたたび川に入った。チャックは息をしはじめた。

カーターがささやく。

「ヤツらは渡ってくると思う？」

「ああ。しかも大人数でな」とチャックも声をひそめて答えた。

「その時はどうする？」

「ここにいよう。敵がやって来たら、パーティーを開いてびっくりさせるさ。バレンタインデーだからな」

冷たい雨の中、チャックとカーターは1時間待った。と、北ヴェトナム兵が現れた。一列縦隊で川の中を歩いてくる。ライフルは高く掲げたままだ。チャックは胸を高鳴らせながら、先導する兵の額のど真ん中にレティクルを合わせた。ほかの兵も接近してきているが、狙いはそのままだ。

チャックがカーターに声をひそめていった。

「すぐに動けるようにしておけ。オレが走れ、と怒鳴ったら全速力で走るんだ」

「オーケー」カーターが小声で答えた。

チャックが初弾を放った。先頭の兵の後頭部から緑色の血が噴きだし、体が沈む。すると後ろの兵を遮るものがなくなった。そいつも沈める。縦隊が前進を止めて一斉に水中に身をかがめたので、チャックにとっては撃ってくれといわんばかりの緑色の頭大の標的が並んだ。頭から頭へと順繰りに弾丸を送る。30秒もしないうちに16戦果を達成した。ピスヘルメットと遺体がぷかぷかと川下へと流れていった。

1 最初の隠れ場所

チャックは暑さで汗だくになりながら、隠れ場所の穴から銃を覗かせている。だが、暑くてかび臭く暗いそんな状況でも、ワクワクしていた。**落ち着け、**と自分にいい聞かせる。**静かにしていれば出てくる。**どちらの方向から来るのだろうか、と思う。風上からのほうがいい。忘れてならないのは、においや音で気配を感じとること。尻を這《は》いのぼってくるクモは気にしない。ハエも放っておく。こっちだって食べなくちゃならないんだ。

しばらく経って太陽が照りつける暑さになると、汗が伝って目に入り、道が見えにくくなった。**引っかく音がする。なんだろう。やっと来たのかな。ちがう、ただのネズミだ。ここに入ってくるとやだな。顔をかじられてもそのままにするしかないし。それにヘビもいる。ここで見たことがあるもの。**

チャックの舌はサンドペーパーのようだった。水分補給が必要だったが、それでも動こうとしない。**水のことは考えないようにしよう。パンツを濡らしたくないし。**

道にウズラの小さな群れが現れた。大きなヤツはフットボールほどのサイズだ。気取って歩くにつれて頭の羽毛がひょこひょこ動く。尊大ぶって目立ち、休みなく「チーカゴー」という警告音を発していた。それに従う群れのほかの鳥は、互いに身を寄せあい、警戒するかのように辺りを見まわしている。ボス鳥は危険がないと見るや、地面を足で引っかき、チャックがおびき寄せるために置いておいた穀物をついばみはじめた。ほかのウズラもそれにくわわる。

チャックはライフルの照準をボス鳥に合わせ、指でトリガーをまさぐった。引き絞るんだ、勢いよく引っぱるんじゃなく、と自分にいい聞かせる。彼は不動になった。

◉

息を吐ききると、トリガーを押しこんだ。とてつもない爆発と閃光《せんこう》が起こり、のけぞったチャックは、搾乳用スツールから祖父の納屋の床に転がり落ちた。耳鳴りがして肩がひどく痛い。仰向けになったまま泣き声をあげた。

屋外便所のドアがバタンと閉まった。

「チョーキー、大丈夫か」

納屋のドアが勢いよく開き、祖父の大きながたいが戸口をふさいだ。

目を細めると、涙の向こうで祖父が心配そうな顔をしている。

「大丈夫だと思うけど、肩がとっても痛い」うめき声をあげて泣きやもうとする。

祖父は両膝をつくとチャックを覗きこんだ。

「死んだかもしれなかったんだぞ。どういうつもりだったんだ?」

「夕ご飯にするウズラがほしかったんだ。じっちゃんが撃ったときみたいに」

「次はじっちゃんに聞くんだぞ、わかったな、チョーキー」

「わかった、じっちゃん」チャックは痛くないほうの腕の袖で鼻水をぬぐった。

祖父は立ちあがり、煙を立ちのぼらせている散弾銃《ショットガン》を拾うと、薬室《チャンバー》を開けて4歳の孫を見下ろした。

「これじゃひっくり返っても不思議はないな。トリガーを2本とも引いてる!」祖父は銃を壁に立てかけた。「それじゃ、チョーキー、腕をお腹の近くまで上げて、動かさないようにするんだ。これから王子さまみたいに抱きあげて、病院に連れていくからな」

「行かなきゃダメ?」

「腕を治すためにはな」

チャックは祖父の腕に抱きかかえられて納屋をあとにし、そこら中に散らばっているウズラのそばを通りすぎた。

「やったー、じっちゃん、ぼく全部やっつけてるよ!」

祖父のシヴォレーでのドライブは、ガタガタ揺れて痛かった。レイクヴューの病院では鎖骨が折れていると診断され、三角巾で固定された。するとすぐに、母親が働いている美容室から飛んできた。

祖父は母親からこってり油を絞られた。母親は、今後ショットガンは弾を抜いて、お父さんのクローゼットに鍵をかけて保管してください、と強く要望した。

このときチャックは、行動から教訓を得て、騒ぎを起こして悪かったと感じた。それでも、食卓に食べ物を提供したことを誇らしくも思った。翌日のランチには、仕留めたウズラが出たのだ。

2　じっちゃんと近所のバーで

チャールズ・ベンジャミン・マウィニーは、1949年2月23日に生まれた。家族は父親のチャールズ・マウィニー、母親のビューラ・マウィニー、3歳年上の姉ヴェロニカ、ビューラの父親であるウィリアム・フランツ。チャックは祖父をじっちゃんとだけ呼んでいた。

一家が住んでいた祖父の農場は、オレゴン州のパイン・クリークという小さな町にあり、マツの木に覆われた山々に囲まれていた。農場は小規模だったが、ここでほぼ自給自足が成立していた。祖父はニワトリ、ウシ、ブタのために干し草用の牧草を育てていた。自分でブタを解体したし、保存のきくハムとベーコンを手作りした。野生動物を仕留めると、菜園の野菜や果樹園のサクランボと同じように缶詰にする。もちろん、家族はそうしたことではなんでも祖父を手伝ったが、狩猟だけは別だった。父親は第二次世界大戦以来、狩りをしていない。戦中は海兵隊員としてグアム侵攻で戦ったあと、ガダルカナル侵攻で銃傷を負って本国に送還されている。

パイン・クリークは標高が1500メートルくらいあるので、冬が長く寒い。それでもよく考えて計画したおかげで食べ物は豊富にあったし、農場の家は薪ストーブで暖かく住み心地がよかった。

1953年の冬、鎖骨の骨折が治ったチャックは、5歳になっていた。父親は製材所で働き、母親は近くのレイクヴューの町で美容師をしており、ヴェロニカもそこの学校で2年生になっていた。つまりチャックは、週末以外のほとんどの時間を祖父と過ごしていたのだ。

チャックは納屋が好きで、朝早く目覚めると祖父と一緒に、夜のうちに動物の子供が生まれていないか見にいった。1匹、あるいはブタのように、同じ母親から何匹か生まれていることもある（チャックに性教育はまったく不要だった。早くからそういうものだとわかっていたのだ）。納屋の中は動物の体温で暖かく、コッコッコ、キーキーと鳴き声で賑やかだった。家畜は朝チャックに会うとうれしそうにする。優しく撫でてくれて、心もち多めに干し草や穀物をくれるのを知っていたのだ。

吹雪の朝には、家族で湯気のたつ朝食を食べたあと、両親は雪の中から掘りだした車にヴェロニカを乗せて、雪と氷のためにスリップでハンドルをとられながら、レイクヴューまで除雪車のあとをついて行く。

チャックと祖父は、薪ストーブからほどよく離れて暖かさが心地よく、ラジオドラマ『ローン・レンジャー』が聞こえる場所で、ジャック・ベニーの朗読に耳を傾けながら冬の日々をやり過ごした。チャックは板張りの床で小さな自動車を押していたが、そのうち車輪が取れてしまった。それで新しいおもちゃがどうしてもほしくなった。おもちゃのローン・レンジャー・ピストルとかＢＢガンとかが。モンゴメリー・ワードの通販カタログにあったやつだ。チャックは、ローマ教皇が聖書を熟知しているのと同じくらい、このカタログのことを知っていた。

ある晩の夕食のあと、母親がキッチンテーブルで服をたたんでいた。チャンスだ。チャックはカタログを開いて、テーブルの母親の前にそっと滑らせた。

「こういうのがあったらいいいな」

ローン・レンジャー・ピストルを指差した。

「チャーリー、そういうものにはお金がかかるのよ」と母親がいう。

「どうやったらお金がもらえるの？」

「働いてもらうの」

「どうやって？　子供だから仕事なんかさせてもらえないよ」

「そういうのは、そのうち手に入るわよ」母親は保証した。

チャックはどうしようもないと思った。ピストルがほしくてたまらないのに、それを買うお金を得る手だてがないのだ。

◉

永遠にも感じられる時が過ぎ、雪が解けはじめた。

「なあ、チョーキー」

キッチンテーブルの自分の席から祖父が話しかけてきた。ローストビーフ・サンドイッチを頬張っている。ふたりは昼食を食べていた。祖父は夕食の残りものから、器用に何かしらうまいものを作ってしまう。

「食べたら町まで歩いていかないか。どうだ？」

「いい考えだね。じっちゃん、町で何するの」

「お菓子でも買おうかな」

「じっちゃん、それとってもいい考えだよ」

以前両親と町に行ったことはあったが、祖父とふたりで行くのは初めてだった。すごく素敵なことだとチャックは思った。

「暖かい格好をしなくちゃならん。外はまだ寒いからな」と祖父がいう。

チャックは自分の部屋に急ぐと、ズボンを脱いで長袖の下着とくるぶしまでのズボン下を身につけ、ジーパンを引っ張りあげ、フランネルのシャツをはおり、暖かいウールのコートに身を包んだ。そうしてから靴下のまま薪ストーブまで歩いていき、火のそばで温めておいた赤いバンドつきの黒長靴を履いた。

落ち着いていられなくて先に家の外に出て、太陽の下で祖父を待った。すると紺碧《こんぺき》の空のもとで雪をかぶった山々がきらめいている。その光景が目にしみた。

長く辛い冬を過ごしてきたチャックにとって、春は一大事だった。春の最初の雪解けの爽やかな香気を吸いこんでみる。記憶にあるかぎり初めてのことだ。まだ5歳だったので、去年の夏のことはほとんど思いだせない。あっという間に去って駆け足で秋になったので、トマトも凍ってしまった。

いまやそこら中に色がある。何か月も見ていなかった草まで、解けかけている雪からちょこちょこ突きだしていた。ヤナギの木は新芽をつけている。背中に暖かい日差しを受けながら、チャックは家の軒下でつららが溶ける音や、鳥が騒がしく飛びまわる音を聞いていた。まったく新しい世界が広がっている。

外にいるのは気持ちがよかった。

祖父がコートを引っかけながら出てきて、ドアを素早く閉めた。家の中の暖気を逃さないためだ。この重いドアには鍵がかかっていた試しがない。祖父はすがすがしい冷気を吸いこんだ。

「ちくしょう、チョーキー、生きててよかったな」

ふたりは連れだって春の雪解けのぬかるみの中を歩いた。

「気をつけてな、チョーキー。車道は滑るぞ」と祖父。

「わかった、じっちゃん」

ドスン！　チャックは勢いよく尻もちをついた。

「ウェーーン！」泣きながら立ちあがり、お尻をさする。

「だからいわんこっちゃない」

通りには除雪車が残していった巨大な氷山がそびえていた。春が来たおかげで通りの交通量は多かった。歩道はなかったので、祖父が慎重に水たまりや川になっているところを避けて歩き、チャックがそのすぐ後ろをついて行く。水しぶきをあげて自分を溺れさせようとする自動車や材木運搬車を避けようと身構えながら。チャックはそうしたことすべてを大冒険のように考えていた。車どもは、とてつもなく深い急流を進む自分に向かって、水を踏みつけ跳ねあげているのだ。シャベルで雪を片づけて脱出しようとしている人たちにチャックが手を振ると、ほほえみ返してくれた。辺りに幸せが漂っているのを感じた。

数ブロック歩くと町の中心部に出た。通りはすっかり除雪されていて、車が走りまわり、材木運搬車がガソリンスタンドで給油している。

ダウンタウンは小さかったが、チャックにとっては大きく思えるビルがあった。バトラーズ・マーケットや教会のような建物だ。メインストリートに面した建物群に沿って、屋根つきの板張り歩道が延々と続いていた。歩道のメインストリート側には、西部劇の映画のようにウマをつなぐ木製の手すりがある。だが、今の時代ウマはいなかった。

祖父とチャックは板張り歩道に上がると、足踏みして長靴についた雪を落とした。チャックは板張り歩道が好きだった。祖父がその上を歩くと、ローン・レンジャーみたいなパカッ、パカッ、パカッという音がする。ひとりの女の人が足元を気にしているふうに歩いてきた。ハイヒールのヒールが板の隙間にはさまるのを心配しているのだろう。

「どうも、お嬢さん」祖父がいった。

「紳士方は今日はお元気？」

にこにこしながら女の人は通りすぎた。

ふたりが最初に近づいた店の正面は黒い窓になっていて、その一面に電気サインが輝いていた。チャックはまだ字が読めなかったので、なんと書かれているのかわからない。ベンチのそばを通りすぎると、祖父がある店のドアの前で立ち止まった。だがノブを握る前に、ドアがベルの音とともに開き、男がお釣りをポケットにしまいながら出てきた。ベルがもう一度鳴って、その背後でドアが閉まる。男の手から10セント硬貨が1枚こぼれ、押さえそこねられた白銅貨が歩道の板の隙間に消えた。

「クソ」ひとりで笑いながら男は祖父に「また落としちまった。この下には大金があると賭けてもいいね」というと、立ち去った。

「いやまったく。残念だったな」と祖父は後ろから声をかけた。

わーい、とチャックは思った。日の光を受けてきらめく10セント硬貨が、隙間に落ちて見えなくなるさまを思い浮かべながら。思いはモンゴメリー・ワードの通販カタログへと飛び、それからまた板張り歩道の下の硬貨に戻った。この下にある大金を手にするためには、どうしたらよいだろう。

祖父が店のドアを開くとベルが揺れ、小さな雑貨店の中でその音が鳴り響いた。

「あらこんにちは。この可愛いぼっちゃんはだれかしら？」ドア近くのレジにいた女性店員から声をかけられた。

「孫のチョーキー、こちらはフロだ。フロ、ちょっと連中に挨拶してこなくちゃならん。チョーキーだよ。チョーキー、チョーキーにお菓子の棚を見せていてくれないか」

チャックは耳をそばだてた。

「いいわよ！　わたしの人生には、もうひとりいい人が必要だもの」フロが祖父にウィンクした。

「チョーキー、この5セント玉2枚をもって、自分でお菓子が買えるかどうかやってごらん」と祖父がいった。

「わかった、じっちゃん！」

チャックは手の中で硬貨をこすり合わせながら、お菓子のことを考えた。口の中に唾液が湧いてくる。

祖父は横のドアから暗闇の中に消えた。フロはチャックを陳列棚へ連れていき、カラフルな包み紙のさまざまな種類のお菓子を見せて、どんな味かそれぞれ説明してくれた。ホット・タマレス、チャームスのサワーボールキャンディ、ベビールースのチョコレートバー、ダブルバブルのチューイングガム、ラッキー・ストライクの駄菓子……。

チャックが口いっぱいのサワーボールを味わいながら、次回はどのお菓子にしようかと陳列棚を物色していると、祖父が姿を現した。真剣な面持ちでチャックの肩に大きな手を置き、重大なことをいおうとしているかのように咳払いする。

「隣の部屋に一緒においで。ここはお前が行ったことのあるどの店ともちがう。だけどママには町の**お店**に行ったことにするんだぞ。わかったな、チョーキー。内緒にできるか?」

「わかったよ、じっちゃん」なんだか訳がわからなかったが、チャックは祖父を信頼していた。

「それじゃフロ、オレにオリー［ワイン］、チョーキーにロイ・ロジャース［コーラベースのソフトドリンク］を頼む」

冒険への心構えができていたところに糖分を注入されたチャックは、祖父について暗闇の中に入っていった。部屋の中央に薪ストーブがあり、それとたばこの煙のにおいがした。祖父が町から帰ってくると、いつも漂わせていた香ばしい香りだ。チャックは祖父の後について、気の抜けたビールの臭気がするバーカウンターを通りすぎた。祖父は、まるで自分の牧草地のようにズンズン歩いていく。チャックはそうはいかない。そこは暗くて気味が悪かったし、壁の高いところに角のついた大きな動物の頭があり、チャックを見下ろして目を離さない。祖父のズボンの足にぎゅっと身を寄せた。

「チョーキー、お前をじっちゃんの友達に紹介したいんだ」

チャックは祖父の足のそばから、ストーブの周りにすわっている怖そうな男たちをうかがった。あごひげを生やしていて、年寄りくさい薄汚れた外見をしている。

「こいつが孫のチョーキーだ」

男たちは厚い外張りをした古椅子の背もたれに寄りかかって、チャックに無表情な顔を向けた。無愛想に見える。だが、祖父の知り合いなら大丈夫にちがいない、とチャックは判断した。それでも怖いことには変わりないが。

ひとりがニッと笑いかけてきて、

「今日は坊主がこの老いぼれの面倒を見てるのか」と尋ねながら、祖父を親指で指した。

「こういう墓に足を突っこんでいるヤツは無視していいからな、チョーキー」祖父がいう。

カウンターの向こうでフロが飲み物を用意した。祖父はチャックをもちあげてバースツールに乗せると隣にすわり、友達のほうにくるりと体を向けた。チャックがまたがったスツールからは、カウンターごしにきれいなボトルの列が見える。チャックはスツールをぐるぐるまわしはじめた。まわりながら鏡にちらっと映る自分の姿を認める。やがて目がまわったのでやめようと思い、しばらく飲み物をすすっていた。

凍った薪がジューっと解ける横で、ストーブがポン、パチンと音をたてている。そんな中チャックは特等席で、椅子にすわった年寄りたちを眺めて話を聞いていた。彼らの口から出る話は老人には似つかわしくなかったし、チャックはその半分しか理解していなかった。チャックと祖父がロイ・ロジャースとオリーを飲み終わると、祖父は男たちとフロにまたな、といい、チャックはバイバイ、と手を振った。外に出るとドアベルが鳴り、祖父がいった。
「チョーキー、ストーブの周りで聞いた話を鵜呑《うの》みにしちゃいかんぞ」
「わかったよ、じっちゃん」
だが当惑したチャックは、祖父がいいたかったことをいつか理解できるようになるかもしれない、と思った。

祖父のあとをついてベンチを通りすぎると、板張り歩道に節穴があった。そういえば10セント硬貨がなくなって、落とした人が**この下には大金があると賭けてもいいね**といってたんだっけ。この節穴は大金に通じていた。

チャックは祖父の秘密を守った。ふたりで町に出るたびに、チャックはちがう種類のお菓子を試した。そして祖父が薪ストーブの周りの友達と談笑するあいだ、ロイ・ロジャースをすりながら、あの大金を手にするチャンスはいつ来るんだろうと考えていた。

5月のある晴れた午後、店に入ったふたりは、大音響の音楽とののしる声に迎えられた。バーへのドアの向こうからフロの笑い声と一緒に聞こえてくる。

チャックはバーに行きたくて仕方がなかったが、祖父に止められた。
「チョーキー、今日お前はあそこに行くべきではないと思う。もうすぐフロが戻ってくるだろうから、何かお菓子を買うといい」そういって10セント硬貨を手渡した。「それによい天気だ。外に行って見てまわってはどうだ。あまり遠くまではダメだがな。いいか?」

「わかったよ、じっちゃん！」

チャックは10セント硬貨をポケットに入れ、店を出て板張り歩道に急いだ。

想像の中の岸辺にだれもいなくなると、チャックは膝をついて節穴から暗闇を覗きこんだ。太陽の光の筋が土に差していたが、硬貨は見えない。がっかりしたものの決心は揺るがなかった。慎重に姿勢を変えて、空気のかび臭さを感じるほど節穴に顔を近づけ、光が少し右に差すようにすると、ビンゴ！ あった。何枚かの硬貨がきらめき、海賊の宝箱の金貨みたいに輝いた。

祖父は秘密は守るものだと教えてくれた。いまやチャックに秘密ができた。無言を貫くことで、大金は丸ごと自分のものになるだろう。ピストルをもったカウボーイになるのもそう遠くない。だけど、宝物を手に入れるためにはどうしたらよいだろう？

いろんなお菓子を食べてみて、ダブルバブルがべトべトしているのを知っていたので、名案を思いついた。家に戻ると、ヤナギのしなやかな枝を切りとった。そしてこのガムをかみ、ポケットから5セント硬貨を出して足元に落とした。水分をふくんでゴムのようになったガムを枝の端にくっつけ、硬貨をつつきそろりそろりともちあげる。硬貨をガムから剝《は》がしポケットにしまうと、ひとりほくそえんだ。

その次に祖父と店に行ったときは、準備はできていて、コートの下に枝をしのばせていた。

「やあ、フロ」と祖父はいいながら、チャックに10セント硬貨を渡した。

「こんにちは、チョーキー。ロイ・ロジャースにする？」フロがいった。

「いいです。ダブルバブルだけ買ったら外で遊ぼうかと思って」

「いいわね、チョーキー。お日さまに当たるといいわ」

チャックは、祖父のお金でダブルガムをいくつか買ったあと、ガムをかみながらベルを鳴らして外に出た。ベンチにすわって左右を確かめ、岸辺のつもりの場所に人気がないと見ると、ヤナギの枝にガムを付着させて両膝をつく。そうして節穴からガムがついているほうの枝の端を下ろし、底につくと引きあげた。ガムについていたのはゴミだけだった。それを枝からむしり取り、指でガムをこねて粘着力をよみがえらせようとする。ベルが鳴り、チャックはベンチの上で飛びあがった。

「ねえ坊や、何してるの？」女の人がにっこりしながら聞いてきた。

「なんでもないです」チャックは手にガムを握った。

女の人は角の向こうに消えていった。

今まさに発掘作業に戻ろうとしたときに小型トラックが止まったので、チャックはベンチの上でもういっぺん飛びあがった。

トラックの運転手が板張り歩道に降りて、話しかけてきた。

「坊主、何してるんだ？」

「何も」とチャックは答えながら、**ほっといてくれたら、宝の山に戻ることができるのに**と思った。

それから何度か失敗して、ゴミを釣りあげ邪魔されながらも、10セント硬貨を1枚引きあげた。呑んだくれの鉱山労働者みたいに、屋根で大声をあげて通りを走りまわりたかったが、そこは冷静さを保って硬貨をポケットに入れる。もっとやろうとしたとき、ちょうどベルが鳴った。

立ちあがると祖父がいた。

「さあ帰ろうか、チョーキー」

いやいやながらもチャックは答えた。

「いいよ、じっちゃん」

そして節穴に貪欲な視線を送ると、また戻ってくるからな、と心に誓った。

6歳になってもチャックは金持ちになっていなかったが、ローン・レンジャー・ピストルを手に入れ、ポケットにじゃらじゃらいわせる小銭をもっていた。わずか数ドルほどだったが、自力で稼いだものだし、ちょっと頑張って創意工夫すれば何かしら得られるというよい教訓になった。

◉

祖父とともに町に行っていた年、バーの薪ストーブのそばにすわっているあいだに、いつしか老人たちが何者かがわかってきた。どんな仕事で食ってきたのかを、バーでも着ていた服装から知るようになったのだ。木こりは革のブーツと足首の上でちょん切れた作業ズボンを穿き、それを縞《しま》のシャツの上からサスペンダーで吊っている。ペンキ屋のオーバーオールにはペンキがついたままだった。それからカウボーイもいた。背丈があり堂々として、大きな帽子とブーツを身につけている。

また祖父のおかげで、薪ストーブの周囲で飛び交っていた作り話から真実を解読する方法も学んだ。

その後学校でチャックは知った。こうした男たちは第一次世界大戦で勝利したあと、1918年のスペイン風邪の大流行に襲われた故郷に戻り、その後わずか11年後に突如として大恐慌にみまわれながらも子供を養い、その子供たちが第二次世界大戦で勝利をつかんだことを。

3　じっちゃんを撃つ

チャック6歳の晩春のことだ。祖父が、サクランボ園を行ったり来たりしながら悪態をつき、太い腕を振りまわしてムクドリモドキを追い払おうとしているのに気がついた。とはいっても、鳥は聞く耳をもたない。祖父はささやかなサクランボ園を自慢にしていて、良好な状態を保つために、夏、秋、冬と剪定《せんてい》や薬剤の噴霧を行ない、丹精こめて世話していた。いまやサクランボは赤くなりはじめ、鳥にかすめ取られつつあった。

チャックはどうにかして手伝いたいと思った。車のとおる私道から小石を拾って、果樹園の祖父に加勢する。いちばん近い鳥めがけて小石を投げ、外した。鳥はどこ吹く風というように、隣の枝に飛び移った。

「ごめん、じっちゃん」

「ありがとよ、チョーキー。ふたりで鳥を追い払う方法を見つけなきゃならん。それもすぐにな」

翌日は土曜日だった。チャックはベーコンのいいにおいにつられて朝のキッチンに入った。母親が朝食を作っている。祖父がいないのを見て、父親のいるキッチンテーブルにすわった。

「じっちゃんはどこ？」父親に聞いた。

「早くにレイクヴューに行ったが、どうしてかはいわなかったよ」

「お腹すいたでしょう、チャーリー」母親が聞いた。

「うん、ぺこぺこ」

その後昼前に納屋で卵を集めていたチャックは、祖父のシヴォレーが私道に停まる音を聞いた。納屋のドアから飛びだし、両手に卵を1個ずつもったまま私道を駆けていく。祖父が自動車のドアのそばに、小さなライフルをもって立っていた。チャックはウズラ撃ちの騒動以来、銃を見ていない。祖父の大きな手の中で小さなライフルが輝いていた。ローン・レンジャーのウィンチェスター・ライフルのようにも見えるが、チャック向きのサイズだ。チャックがシアーズの通販カタログを見て虜になった、空気銃《エアライフル》のデイジー・レッド・ライダーと同じモデルだ。

「じっちゃん、すげえ！」

「これならすぐ撃てるから、お前があのムクドリモドキを追い払うんだぞ、いいな？」

「いいよ、じっちゃん！」そう答えながら、チャックはローン・レンジャーだったらどんなふうにやるんだろうと考えた。

「じゃあ、もってみろ」祖父はチャックに銃を渡した。

チャックは卵をそっと地面に置くと、小さなライフルを両手で受けとった。ずっしり重く本物っぽい。銃床《ストック》には木の温もりがあるが、金属製の銃身《バレル》はひんやりしていてオイルのにおいがした。チャックはストックを肩に押し当てると、柵の支柱に銃口《マズル》を向けて狙いをつけた。

「卵を踏むなよ」祖父が注意した。

面食らって、チャックは銃を構えたままふり向いた。

「それからマズルは必ず下に向けておけ！　撃ちたくない人間に向けるんじゃない」

チャックはすぐさまマズルを下に向け、卵から離れた。

「こっちにおいで。標的を作らにゃ」

祖父はドタドタと納屋に向かっていった。チャックはマズルを下に向けて、祖父について暗闇の中に入った。ブタが鼻を鳴らしている。祖父はまっすぐ作業台に行くと棚の上に手をのばし、靴箱を下ろして蓋を外した。

「これで間に合うはずだ」そしてハンマーと釘を2本拾いあげた。「こういうのも必要だな」

ふたりはドアを閉めて納屋を出た。祖父が靴箱の蓋を、ドアの横のチャックの目の高さに釘で打ちつける。そしてつなぎの胸当てポケットから木工作業用の鉛筆を取りだすと、コップぐらいの大きさの円を3つ描き、黒く塗った。

祖父が車に向かって歩幅を測りはじめたので、チャックはあわててその後ろについて行った。

「7歩、8歩、9歩。まあ、これくらいでいいだろう」祖父は納屋をふり返った。

チャックにはその標的がとても小さく見えた。

「よし、チョーキー、玉を込めよう」

祖父はつなぎの胸ポケットから小さな透明ビニール袋を引っぱりだして、歯で角をちぎった。

「交換こだ」

チャックは銃を祖父に手渡した。祖父はビニール袋を寄こした。重みのある小袋をもつと、小さくて金色の丸いBB弾が見え、指にはさむとコロコロした感触を確かめられた。

銃をもった祖父は、バレルの下から管状のチューブマガジンを引き抜き、袋を受けとると、そのマガジン［弾倉、ローダー］の中にBB弾を1個ずつ落としていった。

「じゃあ今度は、コックのやり方だ」

トリガーの下についているフォアアーム［コッキング・レバーともいう］をもって引くと、カチッカチッと音がした。

「これで玉が装塡《そうてん》された」

それからマズルを下げて、銃をチャックに渡した。

「あの標的を狙うんだ。ウズラの時みたいにな」

チャックはビード・サイト［フロント・サイト、照星］を標的に合わせたが、前回のようにけがをするのではないかと心配になった。

「では静止して、息を吐ききり、トリガーを引く」

ポン！　ズボ。

チャックはマズルを下げると、目を細めて標的を見て穴を探した。

「円には当たらなかったな」祖父がいった。

クソ！　少なくとも肩を痛めてはいない。

「それでも縁には当たった。ほら、左下の角に点があるだろう」

それでチャックはうれしくなり、もう一度やる気になった。

彼は射手としての道を歩みはじめていた。

「よし、チョーキー、じっちゃんのお手本みたいにコックしてみろ」

チャックは力をふり絞ってレバーをバレルに向かって引きあげたが、カチッという音は鳴らない。そこで、銃を真下に向けてマズルを岩につけ、両手でレバーを押し下げてカチカチいわせた。

標的を撃ってみる。**ポン！**　だけどズボがない。怪訝《けげん》な顔で祖父を見た。

「納屋の向こうに飛んでいっちゃった！」

「薬室《チャンバー》の中にBB弾がなかったのさ。逆向きにコックするんだったら、バレルに直接BB弾を込めなきゃ」祖父は銃を受けとるとBB弾を抜いた。「これをお前のポケットに入れておけ」

チャックはBB弾を1個マズルから入れ、トリガーを引き、箱の蓋の円のすぐ近くに当てた。

そうして10数発撃つと、標的に穴があきはじめた。はしかのボツボツみたいだ。

「それじゃチョーキー、標的にうまく当てられるようになったし、コックも再装塡《リロード》も問題ない。

た。

「今度は、鳥を追い払ってくれ」

祖父はサクランボにたかっている鳥の群れを指差すと、踵を返し急ぎ足で屋外便所に向かった。

チャックはいよいよ狩りが始まる、と心を躍らせ、BB弾をこぼさないようマズルを上に向けたまま、果樹園にそっと近づいた。頭上の高い枝で、鳥どもがサクランボ盗みにせっせと励んでいる。もうこの辺でいいだろう。太った鳥に狙いを定めて息を吐ききり、トリガーを引き絞る。

ポン！ 鳥は飛び去った。落ちてきた鳥はいない。外したのだ。ちぇっ。

その日はむきになって、ムクドリモドキをしつこく追いまわした。何時間も連射してことごとく外したが、少なくともわずかなあいだは追い払う効果があった。

翌日は羽を1枚撃ち落とした。その次の日は、枝から1羽がまっさかさまに落ちてきて、足元に転がると口を開けてバタバタのたうちまわった。小さな胸が波打っている。

「やったぞ！」

鳥は息をしなくなって静かになった。チャックは鳥を見下ろした。黒い羽がつやつやしていて、飼っているニワトリみたいにあしゆびがにょっきり突きだしている。撃たれたとあってはなおさらきれいな鳥ではない。チャックはそれを拾いあげた。空気のような軽さだ。腹は羽毛に覆われて柔らかく、まだ温かかった。

首を後ろに向けた鳥は、責めるような目でチャックを見ていた。**なんで殺したの？**

チャックはにわかに殺し屋になったような気がしたが、こう呟いた。

「だってじっちゃんのサクランボを盗んだじゃないか」

新しい群れが低空を通りすぎ、さえずりながら果樹園に降りようとした。この騒ぎでチャックの良心の呵責《かしゃく》は拭いさられた。死んだ鳥はあとで祖父に見せることにして、地面に置いた。やるべき仕事がある。

その後、群れからますます多くの仲間が失われた。チャックは頭を狙いはじめて、それから、目を狙うようになった。群れを撃つ合間には、納屋の壁に止まったハエを撃ち落とす。おかげでその春は、サクランボのほとんどを守ることができた。彼は祖父の小さな英雄だった。

だがそれもある日までだった。はしごの高いところで祖父がサクランボを収穫していると、その頭上で鳥の大編隊が旋回している。チャックは飛んでいる鳥に命中させられるかどうか試してみようと、群れのど真ん中を撃つことにした。

ポン!

「いて!」祖父が叫んだ。

鳥は飛ぶスピードを落とすと、四方八方へと散っていった。祖父がドタドタとはしごを下りてくる。片手にサクランボのバケツをもち、もう片方の手で腰の横を押さえている。

あちゃー。チャックは開いた両手の手のひらの上にライフルを掲げて差しだした。祖父に取りあげられるのがわかっていたからだ。

「そんな下らんことを望んでるんじゃない」と祖父は息巻いた。「ただ、自分がどこを撃とうとしているのか知っていてほしいだけだ。わかったな?」

「わかった、じっちゃん」

この教訓は絶対に忘れないつもりだった。

◉

それから秋が近くなると、チャックは両親とヴェロニカとともに、レイクヴューの古い二階建ての家に引っ越した。チャックはここから学校に通いはじめることになる。閑静なところで道は舗装されており、セメントの本格的な歩道があった。

だが、祖父は農場にとどまった。チャックには祖父も一緒に来なかった理由が理解できなかった。祖父が毎日いて日々の仕事に手を貸してくれなくなったのが悲しかった。ブタもニワトリも恋しかった。

数日後の昼食の時に、チャックと母親はグリル・チーズサンドとトマトスープをはさんで向かいあっていた。母親の目が涙で濡れている。

「ママどうしたの?」

「あなたにどう伝えてよいのかわからないの、チャーリー。おじいちゃんが死んだのよ」

「うん、それじゃ、だれかがじっちゃんに伝えたほうがいいよ」とチャックはいった。

夕食では父親が説明を試みた。

「チャーリー、お前のじっちゃんは死んだんだ。だから家族でお葬式をするんだよ」

「じっちゃんに会いたい。じっちゃんのところに行かなくちゃ」

チャックはただ点と点をつなぐことができなかったのだ。

◉

チャックは、鉄のように硬い信徒席でもじもじしていた。両隣にいるのはヴェロニカと母親だ。母親はまた泣きじゃくっている。母親はここのところ泣いてばかりいるので、チャックは心配していた。父親は母親に腕をまわし、時折チャックの髪の毛にもぞもぞと指を突っこんだりしていた。唯一おかしいのが、祖父がいまだに姿を見せておらず、その席もないことだった。

チャックの真正面には、巨大でよく磨かれた木箱があった。持ち手がついていて花々で覆われている。チャックは花の色も形も好きだったが、においにはへきえきした。うっとなるにおいを発散させているのだ。箱の後ろには、おごそかな感じの男の人が立っていた。黒いスーツとネクタイを身につけている。

オルガンが音楽を奏ではじめた。男の人は音楽に合わせて体を揺らし、箱を見下ろしてから悲しげに目を上げ、会衆を見わたした。

チャックは信徒席で体をひねって後ろをふり返った。

「じっちゃんはどこ？」

ヴェロニカが、まるで悪い冗談を聞いたかのように、弟に向かって目を白黒させた。チャックは戸惑っていた。祖父は家族の一員だ。

「ここに来ていなくちゃ。お葬式は始まってると思うよ」

音楽が止まった。おごそかな感じの男の人が咳払いした。

「祈りましょう」

シーンと静まりかえった。みんなが下を向いたので、チャックも同じようにする。靴を見ながらも祖父のことが心配だった。

「ここにウィリアム・フランツが横たわっています！」おごそかな男の人が声を張りあげた。

チャックは飛びあがった。ウィリアム・フランツってだれ？　おごそかな男の人は、このフランツは本当によい人だったと話しつづけた。

また音楽が流れ、人々がもう一度祈ると、その後は物音ひとつしなくなった。チャックはここにいたっても祖父が現れないので気をもんでいた。おごそかな男の人は案内人に合図をすると、天井を見上げ、さっと両手を宙に突きだした。案内人が箱の蓋を押し開ける。人々が息をのんだ。

何が起こっているんだろう？　チャックはいぶかしんだ。

するとと箱の中に祖父が見えた。改まった服装で豪華な枕をして寝ている。

チャックは飛びあがって手を振った。

「じっちゃん、起きて！　みんなでお葬式をしてるんだよ！」

祖父は答えない。チャックはそのそばに駆け寄った。祖父は灰色でじっとしている。息はなかった。ムクドリモドキと同じだ。チャックはようやく祖父が死んだのだと理解した。生きている祖父に会うことは二度とないだろう。チャックは後ずさって涙をこらえた。ローン・レンジャーは泣いたりしないのだ。

その晩、チャックは枕を濡らしながら寝入った。

4 ラリー・スティーンを殺しかける

次の夏が終わりかけるころ、1年生になっていた7歳のチャックは、通りをはさんだところで、ある家族が家具を降ろしているのに気づいた。詮索好きではなかったが、すっかり好奇心に駆られて、自分の家の横庭にある灌木《かんぼく》の背後からこっそり様子をうかがっていると、自分と同じくらいの年齢の子供が家から出てきたので、勢いよく立ちあがった。その子供はカウボーイハットをかぶってBBガンをもち、正面の階段にすわった。チャックは家の中に駆けこんだ。

「ねえ、ママ！」

「近所中のハエが入ってこないように、家に入ったら網戸を閉めて」母親がエプロンで手を拭きながらいった。

チャックは網戸を引いて閉めた。

「新しいお向かいさんの子供が、BBガンをもってたよ」

「だったら行って挨拶したら。でも銃は気をつけて使うのよ、わかった？」

「わかったよ、ママ」

チャックは自分の部屋に走っていき、銃を手にしてカウボーイハットを頭に載せると、急いで通りを渡った。男の子が顔を上げる。チャックは歩道で立ち止まった。

「やあ、ぼくの名前はチャーリー。君は？」

「デニス。家族で引っ越してきたんだ。今度ここで2年生になるんだよ」

「ぼくもだ。君、銃をもってるね。それで何か撃てる？」

「うん、たいてい鳥とかだけどね。ネコも撃った。そしたらネコはすごくいやがった。君は？」

「一度じっちゃんに当てたことがあるよ。じっちゃんもとてもいやがった。壁のハエを撃ち落としたことは？」

「君はできるの？」

「まあね、おいでよ。見せてあげる」

そうして生涯にわたる友情が生まれた。

ちびっ子がBBガンをもってうろつきまわっているとなれば、安全なものは何ひとつない。隣家のチューリップもそうだ。この花を隣人は自慢にして楽しんでいた。チャックとデニスにとってはただの多色の標的であり、衝撃で粉々に砕け散るものだった。

隣人はふたりに向かって叫んだものだ。

「うちの花を撃つのはやめなさい。やめないとおまわりさんを呼ぶわよ！」

するとちびっ子は神妙そうに頭をうなだれる。

「ごめんなさい、ミス・オズグッド！」

隣人は顔を赤らめる。

「じゃあ、二度としないでね」

そしてふたりは翌日、チューリップを撃ちまくるのだ。

近所のちびっ子はたいていＢＢガンをもっており、チャックはもっと大きな標的を撃ちたくてうずうずしていた。起こるべきことが起こった。ＢＢガン戦争、裏庭の攻防だ。

その年の秋、肌寒い夜戦に参加したチャックとデニスは、寒さのために鼻をたらしながら、頼りになるＢＢガンを抱えてそろりそろりと裏庭を進んでいた。

チャックが頭上の木に動きを認めた。敵戦闘員が低い枝の上でうずくまり、チャックにまっすぐパチンコの狙いをつけている。チャックは瞬時に反応し、腰だめでＢＢ弾を放った。**ポン！ズボ**。胸のど真ん中に当たったった。敵はテレビみたいに枝から一回転して落ちると、チャックの目の前で仰向けに倒れた。

ラリー・スティーンだった。その横にはワムオー社のパチンコがあった。ビー玉がまだゴムに引っかかっている。

「大丈夫か、こいつ？　息してないぞ」デニスが聞いてきた。

「**やばい！　殺しちゃった**かな」チャックは恐ろしくなった。

ほかの少年も周囲に集まってきてラリーを覗きこみ、鼻水をその体にたらした。

「こいつのママは、こんなことになっていやがるだろうな」だれかがいった。

ラリーは鼻から強く息を吹きだすと呼吸しはじめた。なのでチャックもそうした。

ラリーは硬い地面に落ちたせいで、息が一瞬止まっただけだったのだ。

この惨事になりかけた出来事のあと、ちびっ子たちはＢＢガン戦争を卒業した。それでも奇跡的に、仲間の絆《きずな》は失われなかったのである。

5 空からの狩猟

チャックが14歳になった春、父親が飛行機をレイクヴューの飛行場から飛ばしはじめた。ふたりの友人と共同出資して手に入れたテイラークラフト社製で、のろくてきゃしゃな中古機だった。それでも飛行機は飛行機だ。車輪もエンジンもスロットルもあり、面白かった。そのため当然のことながら、チャックはそれにどっぷりと鼻を突っこんだ。3人の共同出資者の手伝いをして、エンジン性能を向上させ翼を切り詰めて、この老婦人のスピードと機動性を高めた。

チャックは操縦訓練を受けたかったが、それには金がかかる。夏休みにアルバイトをする必要があった。

レイクヴューにはフォードの販売店があった。スーツとネクタイの職場で、握手で信頼関係がむすばれる立派な事業所だ。経営者のジム・ファーリーは好人物で、数百キロもの範囲の住民のことをすべて頭に入れていた。常連客が多く、従業員も定着していた。人々はファーリー・フォード社で職を得たらここに骨を埋める。14歳のチャック・マウィニーはジム・ファーリーをなんとか説得して、仕事にありついた。

チャックは洗車係として仕事を始めた。ある日車の半分の台数を洗ったら翌日残りの半分を洗う。最初の給料支払小切手を得意げに現金化したあと、操縦訓練を受講しはじめた。講習が始まっても、チャックは引き続き土曜日にファーリー・フォード社で働いた。冬が来てホースが凍るころになると、ファーリーは彼を修理工場にまわし中古車担当にした。

修理工場内の仕事に就けたのは、チャックにとって思いがけない大幸運だった。自動車も、ガソリン、オイル、新しいタイヤのにおいも好きなのだ。表の通りで新車がトラックから降ろされる様子を見ては興奮した。15歳の誕生日を過ぎると、チャックは新車を運転して修理工場に入れはじめ、彼がここで磨いた車がショールームに展示されるようになった。

その年の初夏に、チャックは単独飛行ライセンスを取得し、あちこち飛びまわった。だが、ひとりで飛んでもつまらない。そこでデニスを同乗させることにした。飛行場まではふたりとも車に乗せていってもらう。デニスは、滑走路の端の背の高いヤマヨモギの中に隠れる。チャックは飛行機を滑走路まで地上走行させてUターンさせたら、翼フラップをいじる。その間にデニスが飛び乗る。そうしてふたりで飛びたつのだ。

その夏が終わるころに、農場がジャックラビットに食い荒らされているという話を耳にした。そのため農場主はどんな手助けでも歓迎しているという。ふたりの少年は22口径ライフルを携帯しはじめた。空から牧草地を探索してウサギを見つける。チャックが飛行機を急降下させて牧草地の上を水平飛行させたあと、ふたりで両側のドアから銃を撃ちまくり、転がり出て（獲物をもって）戻ってくる。謝礼で**うはうは**だ。

シカ狩りの季節が近づいてきたので、チャックとデニスは、シーズン中のオートバイでの狩猟にそなえて飛行機でシカの姿を探した。

ヤマヨモギの群生地を探して成果がなかったので、チャックは、巨大な牡ジカがいることで知られているクレーン山に目標を定めた。飛行機の向きを変え、谷を渡り、クレーン峡谷に入る。チャックはスピードを抑えながら、シカの姿を探すために、左側の窓からマツに覆われた斜面を見下ろした。後部座席のデニスは右側に目を配っている。

峡谷はますます狭く険しくなった。ふと正面を見たチャックは、クレーン山の山腹が迫っているのを認めた。峡谷が切れるのと同時に、対気スピードがガクンと落ち、頭が真っ白になる。飛行機が失速して墜落しはじめた。チャックは自分たちの命を救うためにできる唯一のことをした。左の方向舵《ラダー》を踏みこみ、機首を下にして落ちるようにしたのだ。エンジンがフル回転し、木々の頂きが近づいてくる。マツの葉をかすめはじめた。と、飛行機がグンと加速して木々から遠ざかり、山のふもとまで降りていった。

チャックが飛行機を格納庫に停めると、そのとたんにデニスが飛び降りた。チャックは這い降りて、われながらすごいことをやってのけたと思いながら、車輪にマツの小枝がはさまっているのを見つけた。幹線道路に向かったデニスの後ろ姿に、ニヤニヤしながら叫ぶ。

「だから腕は確かだといったろう！」

6 ヒーロー

まだ15歳のクリスマスシーズンごろに、チャックは中古の50年式シヴォレー・クーペを手に入れ、2月23日の誕生日までの日数を指折り数えていた。16歳になるその日から、この車を合法的に運転できるようになるのだ。

2月23日には自動車局に一番乗りした。販売店の整備士が彼に代わって車をそこまで移動してくれた。

「戻ってきてまた乗せて帰るのはご免だぜ」と整備士はからかい、試験合格の余計なプレッシャーをかけた。

チャックは自動車局から、30センチ背が高くなったような気分で出てきた。札入れに発行されたばかりの免許証を入れ、自分の車で走り去る。

免許を取得したので、ファーリー氏はチャックに新車の慣らし走行をさせた。マスタング・ファストバック［屋根から後部バンパーまでが流線型になっているスタイル］もギャラクシーも、大型エンジンを搭載した4速車で、何度も慣らし走行をする必要があった。そこにそうした仕事の担当にすぐ使えるチャックがいたのだ。というわけで、車を急発進させるのが好きなチャックは、新車の一群をかかえ、その小ぶりな新しいタイヤを思いのままに操った。

それにくわえて、中古車のテスト走行も整備士からちょくちょく頼まれた。ある日、整備士が車のキーを投げて寄こしていった。

「なあチャーリー、この老いぼれマーキュリーを連れだして、ダッシュボード下のガタつきが直っているかどうか確かめてくれないか」

「いいよ！　ディーン」

チャックは1957年式マーキュリーを修理工場から出すと、スミス・ループに向かって運転した。路面に丸い凹《へこ》みがあることで有名なところだからだ。マーキュリーがガタつくことはなかったので、Uターンして幹線道路を矢のようなスピードで戻った。

レイクヴューに入り、道が混んできたので減速した。すると前方で、男がとろとろバイクを走らせている。後部座席に小さな女の子を乗せていた。チャックはウィンカーを出して追い越そうとした。そうして左横をすり抜けていると、バイクの男が左折してきた。ウィンカーも出さず後方確認もしていない。チャックは少女の目に恐怖を見て取った。少女を救うために唯一できるのは、大回りしてバイクを回避することだ。アクセルを踏んで急ハンドルを切ると、マーキュリーは用水路に突っこみ、横滑りしつづけて大木にぶつかって止まった。

目が覚めるとハンドルに頭を激突させていて、フロントガラスは血にまみれ、上の歯の大半がダッシュボードのあちこちに散らばっていた。

その日、チャックは小さな女の子の命を救った。以来その時の名残りで、上の前歯は自前でなくなっている。

7　補導

チャックとデニスがアルコールの試し飲みをしたのは、13、14歳の時だった。近所の少年が、キャビネットの親の酒を振る舞ってくれたのだ。その翌朝、チャックが家族のキャンピング・トレーラーの中で目覚めたときは、シャツに黄色いMIP（アルコール所持が発覚した未成年に与えられる切符）がピンで留められていた。床で前後不覚になっているチャックを発見した者が、警察を呼んだのだ。

労働者であるチャックは、財布の中に現金を、ポケットの中にたいていたばこ1箱をもち歩いていた。年上で顔の広い少年たちとつき合いはじめていた。町はずれの砂利採取場で行なわれるビールパーティーに出かけ、ドリューズ貯水池で盛りあがる。車の運転免許を取ると、彼の車は動く酒屋になった。チャックは人気があり面白かったが、飲酒にかんしては抜けたところがあり慎重さに欠けたので、酒を飲んで捕まった。

17歳になるころには、MIPが束になって積みあがっていた。仕事をしていたので、保釈金を払えて裁判にかけられることはなかった。だが、警官に捕まるのは気まずかった。とくに市の警官である父親にとっては。

●

高校最終学年の1学期が始まると、チャックはファーリー・フォードを職場とするスクール・トゥ・ワーク・プログラムに登録した。そうなると働く時間も給料も増えることになる。この降ってわいた収入のおかげで、チャックは経済的に自立し、自分のポケットからＭＩＰの罰金を全額払えたし、ハチャメチャな生活を続けられた。

母親はこのことについてチャックと話そうとした。大きく息を吸ってからため息をつき、悲しい目をしながらよくいったものだ。

「チャーリー、あなたどうしちゃったの？」

チャックは答える。

「心配いらないよ、母さん」

そうこうするうちに、チャックが知らないところで両親による完璧な「良い警官と悪い警官」のシナリオが進んでいた。悪い警官とは、この言葉を地で行く父親だ。父親はレイクヴューの少年補導警察官であるジョン・ヴァンデンバーグとチャックの補導歴について話していた。

「まったく、うちの息子はどうしたものか。母親とわたしが何をやっても、チャーリーには効き目がないようなんだ。家族以外の助けが必要だな」

「ああ、たしかに。チャーリーに手綱をつけなければ、もうひとつ書類棚が必要になるだろうな。チャーリーのファイルでこの棚はいっぱいになりそうだ」とジョンは答えた。

「少しブタ箱に入れれば目が覚めるだろうか？」

「やってみて損はないだろうね。週末くらいでいいだろう。ただ先にビールでまた捕まえなきゃならん。逮捕の理由にするためにな」

「そう長く待たなくていいと思うよ。車に必ずビールを積んでるからな」

土曜の夜、チャックはビールを調達するためにチロークィンに行った。レイクヴューから北西に150キロ弱に位置するこの場所は、クラマス・インディアン特別保護区にあり、独自の伝統と法律をもっているので、独立国のようだった。食料品店はだれにでもビールを売ったので、チャックと友達は定期的に何ケースか買って、町の周辺の材木の山に隠していた。

チャックは暗くなってからレイクヴューに戻り、「レイクヴューにようこそ」と書かれた看板を通過したところで縮みあがった。その背後にパトカーが隠れていたのだ。クソ。

警官はさっと振りかえると、赤色灯のスイッチをパチンと入れた。

チャックはブレーキを踏みながら不思議に思った。**どうしてこの警官はぼくが町に戻ってくるのを知っていたんだろう？**

両手をハンドルに置いてまっすぐ前を見ていると、砂利を踏む靴音が聞こえた。

「チャーリー、今夜はどこに行ってたんだ？」

「ただドライブをしてただけです」

「キーを寄こしなさい。トランクに何が入っているのか見たい」

「何もありませんよ、本当に」

「キーを渡すんだ」

翌週の金曜日の放課後、独房のドアが金属音をたててチャックの背後で閉まった。その音が耳の中でこだまするなか、彼は壁にかかった鋼鉄製のトイレとその隣の鋼鉄製の洗面台、そしてその横の鋼鉄製の二段ベッドを恐怖を覚えながら見つめた。ベッドのマットレスはむき出しで、軍用毛布がかかっているものの枕はない。

前週の土曜の夜にチャックを逮捕した警官は、パトカーのトランクまでチャックにビールを運ばせたあと、市役所に出頭するチャックの車のあとをついてきた。チャックはここで、週末収監のための手書きの予約書類を渡された。開始は翌週の金曜となっている。帰宅は夜遅かった。チャックが母親に話をするあいだ、父親は無言ですわっていた。それは息子と母親にとってつらいことだった。翌日仕事に行くと、チャックはジム・ファーリーに報告した。ボスのファーリーはあまりいい顔をしない。それからどうしたわけかウワサが広まり、デニスをはじめ学校の者はみな気の毒がらずに面白がっていた。いよいよ金曜。チャックは刑期が始まるのでホッとして、午後5時には宿題を手に刑務所に出頭した。

二段ベッドの上段のはるか上には鉄格子の窓があった。まだ日があるのを見て二段ベッドの上までのぼり、鉄格子に手を差しこみ窓を開けて、3階から路地を見下ろした。ゴミ入れなど人間の出したゴミであふれている。脱獄は無理だ。チャックは下のベッドのでこぼこしたマットレスに身を投げだすと、宿題をやりはじめた。すぐに終わった。それからは何もやることがない。時間が止まった。それで牢のドアの外の人気がない廊下を見ていた。自分がこうして路地裏のネコの悲しげな鳴き声を聞いているときに、シャバの友達は女の子と踊っているんだろうなと思いながら。

土曜日は長い長い1日で、自分を逮捕した警官と看守を憎んで過ごした。看守は食べ物と称する代物を与えるために、鉄格子を叩くのだ。チャックは自分の人生についてじっくり考え、**もっと面倒なことを起こす前に、レイクヴューを出たほうがよいな**と思い、そのための方法を計画した。**飛ぶのは好きだ。卒業したら、海軍か空軍に入るのがよいかもな。**マシンガンに手をかけながら大空高く舞いあがり、搭載した爆弾を運ぶ。そんなことを思い浮かべ、その男っぽさに心酔した。**これまでも飛行機から獲物を撃ったりしている。同じことを軍のためにやるのはそう難しくないはずだ。**

土曜の夜になり、ロックンロールが聞こえてきた。牢の横の路地をはさんだメモリアルホールで、バンドが演奏しているのだ。窓に鉄格子がなければ、チャックにとってはほとんどひとっ飛びの距離だろう。

その夜遅く、バンド演奏の合間に下の路地でわめく声がした。

チャックは上のベッドに這い上がって外を見た。デニスと何人かの友達だ。デニスはチャックを見上げてにやりと笑うと、へべれけで、ボトルを握ったままよろよろ歩きまわった。

「おい、チャーリー。このバンドはなかなかイケてるぞ。女の子もな。ホールは女の子でいっぱいだ。降りてきて一緒にビールを飲まないか？」ろれつが回っていない。

チャックは思った。**ここから脱走できて、飛び降りても死なないなら、あのクソ野郎どもを一人ひとり締め殺してやるのに。**そうして寝返りを打ち、軍用毛布にくるまり丸まった。逃しつつある楽しいものをすべて遮断することを願って。

チャックは日曜の夕方に釈放されると、その足でデニスの家に行った。ちょっと、収監中に自分をからかった仕返しをしてやるためだ。

デニスの母親がドアを開けた。

「デニスはどこですか？」チャックが聞いた。

心配そうな顔で、母親は答えた。

「わたしたちも知りたいわ。ダンスに行ったきり帰ってこなくて電話もないの」

「本当に？」

自分がいないのに姿をくらますなんてデニスらしくない。どこかで痛い目にあっていないことを願いながら、母親のために心配していないふりをした。

「帰ってきますよ。ひょっとすると好きな女の子ができてその子の家までついて行ったのかもしれない。ダンスパーティーには女の子がたくさんいたと聞いてるし。今夜には戻りますよ。明日は学校に行かなきゃならないもの」

「そうだといいわ」

母親は静かにドアを閉めた。

チャックは思った。**どこを探せばよいかわかるといいのに。だけどヤツとは必ず一緒にいたんだ。あいつから電話してこないかな。**

チャックの電話は鳴らなかった。その晩は長かった。

月曜の朝、チャックは生きているデニスを見てホッとした。私道に停めたチャックのシヴォレーのそばにいつものように立っている。が、精も根も尽きた様子で、疲れた目をしていた。

「一体全体どこにいたんだ？　**ウヘッ**、それにお前くさいな。本当に何があったんだよ」チャックは尋ねた。

「こんなこと信じてくれないだろうな、チャーリー」

「わかった、話してみろよ」チャックは腕を組んでフェンダーにもたれかかった。

「土曜の夜は、野郎だけで酒盛りをしてた。覚えてるだろう。みんなでブタ箱にいるお前をからかいに行ったのを。とにかくそうやってけっこう楽しくやっていると、外がひどく冷えこみはじめた。着てたのがTシャツだけだったから、震えも来たし眠くなってきた。そしたら、モーテルの駐車場にあのステーションワゴンを見つけた。リアウィンドウが開いてたんだ。持ち主は、夜のあいだモーテルに泊まってるんじゃないかと思ったよ。中を覗くと寝袋があったんで、ちょいと休みがてら温まっていこうという気になったんだ」

「それで何が起こったんだ？」

「目を覚ますとガンガン頭が痛くて、日の光が目に入った。起きあがったら見ず知らずのカップルと一緒にドライブしてるんだ。運転手はギャーッと叫んで、もう少しで道路から飛びだしそうになったよ。そいつも奥さんも、めちゃめちゃ怖がってた。こっちも怖かったよ。そん時はどうやって車に乗ったか思いだせなかったから。しかも自分がどこにいるかわからなかったんだ」

「それでその人たちはどうした？」チャックは笑いだした。

「車を路肩に寄せたんで、逃げだして、来た道を歩きはじめた。ふり向かなかったよ。1キロ以上行くと、『ペンドルトンまで15キロ』の看板のところに来た」

チャックはニヤッとした。

「それじゃ、ここから何百キロもあるじゃないか！」

「そうだとも。2度ヒッチハイクしたよ」

「どうして仲間に電話しなかったんだ？　あいつら心配してたんだぞ！」

「金がなかったのさ。土曜にビールに有り金全部はたいちまったからな」

「乗れよ、デニス」チャックはまだ笑いながらいった。

◉

チャックがぶちこまれることは二度となかった。

8 挨拶

1967年2月、チャックは18歳の誕生日の直後に、7月にポートランドで行なわれる徴兵身体検査の通知を受けとった。チャックは興奮したが、母親は気をもんだ。ヴェトナム戦争の話題は連日新聞を賑《にぎ》わせていたし、どんな形でもひとり息子を戦争に関与させたくなかったのだ。

父親のお勧めは海軍の建設大隊《シービーズ》だった。

「気に入るだろうよ、チャーリー。お前なら重機の操縦をするのも建築の知識を身につけるのも楽勝だろう」

シービーズはどこの大陸でも、離着陸場や橋梁《きょうりょう》など、戦争の運営に必要とされるあらゆるものを建設している。弾丸が飛びはじめたら、隊員は機材を置いて、銃を取り自衛するよう訓練を受けていた。

「そうだね、父さん」とはいったものの、**地ならし機を操作しながら撃たれたいと思う者がいるだろうか、**と思った。

7月、チャックはファーリー氏と休日の調整をしたあと、ほかの青年とともにグレーハウンド社のバスに乗って州を縦断し、ポートランドに向かった。バスを降りたのはダウンタウンのとあるビルの前だ。中に入るとあれよあれよという間に、75人ほどの青年とともに裸で列になって、冷たいコンクリートの上で震えるはめになった。医者は、チャックが心身ともに入隊の基準を満たしていると判断した。

ふたたび服を着ると、チャックたちは採用担当官がずらりと並んでいるところに案内された。担当官は緑色の金属製デスクの向こうにすわり、愛国心にほだされた者と入隊契約を交わそうと待ちかまえている。海軍の受付に集まった人数が多かったので、チャックは海兵隊の受付の前にはみ出していた。すると採用担当官のひとりのデカブツがチャックをにらみつけ、立ちあがって彼に向かってわめいた。

「そこのチビのアホンダラ、ほかの腰抜けどもと一緒にそっちにまわらんかい！」

海兵隊に入れとけしかけてるんだな。父さんは海兵隊員だった。ぼくを誇りに思ってくれるだろう。

「今ここでサインしてもいいんです。だけどシカの猟期を逃したくなくて」チャックは採用担当官にいった。

「シカの猟期はいつだ？」

「9月です」

「入隊延期プログラムを適用できる。10月中に出てくればいい」

「4年契約をすれば、航空部隊に入る保証はできる。飛ぶか飛ばないかは本人次第だ」

「飛べますか？」

彼は、デスクの向こうからボールペンと契約書を滑らせて寄こした。

チャックは最初の太字の質問に目を剝《む》いた。「犯罪歴がないと誓いますか？」予想外の質問だったが、市役所の書類棚が頭をよぎるあいだも狼狽《ろうばい》を見せなかった。うーん、まあいいか。ペンを拾いあげると、チェックボックスに印を入れた。

同じバスに乗り、家に戻るあいだじゅう心配だった。海兵隊の照会より先に少年補導警察官のところに行かねばならないだろう。ヴァンデンバーグに、海兵隊に入ったので何年かいなくなると伝えたとき、チャックは自分の記録を破棄してくれることを願った。

ヴァンデンバーグはデスクの向こうでほほえみながらいった。

「ほうそうか、入隊したのか、チャーリー。そいつは偉い」

「はい、まちがいなく。海兵隊員になります。だけどひとつ問題があるんです」

「おやそうなのか？　どんな？」ヴァンデンバーグは驚いたように眉を上げた。

「犯罪記録がひとつでも登録されていると、ハネられてしまうんです」

「なるほど、お前さんにはいくつかあるな」ヴァンデンバーグは書類棚を指差した。

「それについてお話がしたいんです」

「軍の書類を見せなさい。それが本物なら、この書類をナシにしてやってもいい」

チャックは手続き書類をデスクに置いた。

ヴァンデンバーグは眼鏡を鼻先にずらすと、前屈みになって目をとおした。二度うなると、椅子を後ろに引いてにっこり笑いかける。

「これでケリがついたと思っていいぞ、チャーリー。おめでとう」そして椅子から立ちあがり、手を差しだした。「今後は気をつけるんだぞ、わかったな?」

チャックはホッとしてその手を握った。

「ありがとうございます」

チャックは30センチ背が高くなったように感じながら帰宅し、両親に海兵隊に入ったことを伝えた。父親は顔を赤くした。

「気でも狂ったのか!」

チャックは面食らった。

「でも父さんだって海兵隊員だったじゃないか。喜んでくれると思ったのに」

「お前がどんなところに入ろうとしているかわかっているからだよ」

母親は無言だった。チャックは自信がなくなってきた。そこで販売店に行って、ジム・ファーリーがどう思うか確かめようとした。

ファーリーはパーツ売り場の後ろに立っていた。

「よう、チャーリー。ケツの穴まで調べられるのはどうだった?」

「海兵隊に入ることになったので、シカの猟期が終わったらすぐ出発しなくてはなりません」

「海兵隊だと？　お前、頭がどうかしたんじゃないか？」

「みんなそういうんですよ」

9 南部人相手のハードトップ・レース

チャックは高校を卒業すると修理工場でフルタイムで働き、履歴書に記入する特技を増やしていった。マフラー交換、ブレーキ修理、そしてレース車の運転。チャックは販売店のストックカー［市販車をレース仕様に改造した車］で、エンジン馬力を上げた１９５５年式フォード・セダンのドライバーになっていた。

オレゴン州南部やカリフォルニア州北部の小さな町には、ストックカー・レース場があった。ダートの楕円《オーヴァル》コースで、全長はほとんどが４００メートル。レースは、夏をとおして金曜と土曜の夜に開催される。レイクヴューのコースは、ちょうど町はずれの山腹を削って作られていた。地元住民にとって身近な場所で、山腹に腰を下ろしてひいきのドライバーを応援していると、ビールに土が入ってくる。チャックはハードトップのレースに出るのはなかなかカッコいいと思った。弱冠18歳で出場するのだからなおさらだ。

出場車を預かりメンテナンスしていた修理工場の整備士は、レースの日にはみずからを「クルー」と呼んでいた。車載エンジンは後期モデルのV型8気筒。Tバードことフォード・サンダーバードのエンジンを引き継いだ警察車両、312インターセプターのものだ。内装を取っ払ったので、残っていたのはフロントガラス、バケットシートとシートベルト、ロールバーだけ。ロールバーは2インチ［5・08センチ］の水道用亜鉛メッキ鋼管を白く塗って形にしていた。右フロントブレーキを切断してウェイトジャッカーを追加し、左フロントスプリングを鎖で縛りつけたのは、すべてコーナリング性能を高めて、チャックがコースを猛スピードでまわるときに、この小型フォードが地面に張りつくようにするためだ。

チャックは覚えが早く恐れを知らないドライバーで、ほかのドライバーがやろうとしていることを本人が意識する前であっても察知できた。チャックには天賦の才があったので、クルーとともにすぐにレイクヴューやほかの町のレースで勝利を重ねはじめ、サーキットをまわる典型的な南部人レーサーに一目置かれるようになった。彼らは、この若造が自分らのトロフィーをレイクヴューにもち帰るのを歓迎しなかった。

南部人は結託してチャックに立ち向かいはじめた。ひとりがチャックの前にふさがり、ひとりがその横につく。そうして進路妨害すれば追い越せない。おかげでチャックは勝てず、面白くなくなった。車の性能は上まわっているし、運転の腕もほかのレーサーと遜色ない。連中が荒っぽいことをするつもりなら、自分もそうしてやろうと決心した。

次のレースは土曜の夜、会場はアルトゥラスという、カリフォルニア州との州境を越えたところにある小さな町だった。チャックは幸先よく、ショートレースのトロフィーダッシュを制した。だが、メインレースに出場すると、南部人が進路妨害してくる。南部人は例のごとくつるんでコースをまわっていたが、チャックの右のフロントフェンダーに接触した車がスピンしてコースアウトしたので、チャックが車のあいだをすり抜ける隙間ができた。前の車を追い抜こうとしたとたんに、そのドライバーがチャックを逃すまいと車をぶつけてきた。チャックも負けていない。両者はそのまま互いに車体をこすりながらターン３へともつれこんだ。が、チャックがアクセルを踏みこんでハンドルを左に切り、リアフェンダーを相手の車にぶつけると、その車はカーブを斜めに突っ切り、バンクしたカーブの上にあるフェンスにぶつかって、コース外に飛びだし牧草地でひっくり返った。

チャックはそのレースに勝った。だが、南部人の仲間意識のせいで、「悪質な接触を行なった」としてブラックフラッグを出された。チャックとクルーは車に乗りこむと賞金もないまま帰路についた。だが、レイクヴューに戻る旅は楽しかった。なんといっても仲良しこよしの南部人たちに、自分らの実力の至らなさを思い知らせたのだから。

秋が近づいてレースシーズンが終わり、チャックのレースのキャリアにも終止符が打たれた。だが、シカ猟が始まろうとしていた。チャックは狩猟に心躍らせていたし、海兵隊への入隊を楽しみにしていた。だがジム・ファーリーに別れの言葉をいわなくてはならないのは悲しかった。それまで本当によくしてもらったからだ。

チャックは駐車場でファーリーを見つけた。

「ファーリーさん、もうお別れの時が来たようです。2週間予定しているシカ狩りのあとに、サンディエゴに向かわなければなりません。給料を精算してもらえますか？」

「オフィスについてきなさい、チャーリー。何時間分だね？」

チャックは答えた。ファーリーはオフィスでチェックを書いて寄こした。

「これはいただく予定の額よりずいぶん多いです」

「チャーリー、君にはよく働いてもらった。それはシカの猟期もふくめた金額だよ」

「エッ、ありがとうございます、ファーリーさん」

やった！　2週間の有給休暇だ。子供にとってはかなりの金額だ。

「幸運を祈るよ、チャーリー。それから戻ったら仕事が待っていることを忘れないでいてくれ」

このような見送りをしてもらって感慨ひとしおだった。

10　基礎訓練キャンプからヴェトナムへ

チャックは角が枝分かれしたミュールジカ［北米にふつうにいるシカ］を仕留めた。だが残念ながら、家に戻って母親手作りのシカ肉のご馳走を楽しむつもりはなかった。またそのシカ肉が自分と、その後のヴェトナムの海兵隊員の仲間にとって、どう役に立つのかも思いいたらなかった。

１９６７年10月18日、いよいよその日が来た。チャックは最後の別れをいうと、バスに乗ってクラマス・フォールズに行き、ここでほかの新兵とともにサンディエゴに飛んだ。空港からはバスで海兵隊基地のキャンプ・ペンドルトンに移送された。

◉

「髪の長いお嬢ちゃんたちよ、ここにはな、ママはいないんだ。オレがこれからお前たちのママだ！」と一等軍曹がわめいた。デルタ中隊の新兵60人は、この軍曹に行進させられて兵舎に入った。チャックはここで眠りに落ちたのも束の間、大声で起こされた。

チャックは暗闇のなか練兵場で整列させられると、床屋へと追いたてられて1分間バリカンをかけられた。出てきたときは長髪のお嬢ちゃんではなく、米海兵隊デルタ中隊の見分けがつかない新兵60人のひとりになっていた。

なぜだれもが口をそろえて、海兵隊に入るのは狂気の沙汰だといったのか合点がいった。最初の2週間は、訓練の意味を理解するまで心身ともに地獄だった。レイクヴュー周辺の山々を走って登り降りしていたおかげで、身体状況はすこぶるよかった。レイクヴューのダウンタウンは、標高1500メートル近くの高地にある。キャンプ・ペンドルトンは海抜0メートルだ。チャックはその時ほど楽に呼吸したことがなかった。その空気のおかげで、1日中シカのように走ることができて疲れない。基礎訓練キャンプは楽しくなりはじめたが、自分の名前のチャーリーが、ヴェトコン（南ヴェトナム解放民族戦線、越南共産党）を表すのに使われているのにはがっかりした。チャックと改名したのはその時だ。

チャックはようやく、弾丸の入っていないM14アサルトライフルを渡された。まだ撃たせてもらえないとはいえ、それをおおいに気に入った。そしてこのライフルについて、用語から修理、手入れの仕方にいたるまで何から何まで教わった。それから、銃に体を徐々に慣らしてスタミナ切れやこむら返りを起こさないよう、空のライフルを抱えて体を鍛えた。来る日も来る日も、座位、膝位、立位、伏位へと素早く姿勢を変える訓練に明け暮れる。

6週間の基礎訓練キャンプのあと、デルタ中隊は2週間のライフル射撃訓練のためにエドソン射撃場に送られた。チャックはここでようやくM14を実射することになる。

教官は、ヴェトナム派遣任務から戻った熟練のライフルの名手だ。厳格で完全にビジネスライクだが、騒ぎたてたり新兵に怒鳴ったりすることはなかった。チャックは100〜500ヤード（91〜457メートル）の射線から、リアサイトのウィンデージ（左右）とエレベーション（高低）を調節する方法を学んだ。オフハンド立射［トリガーをもたない手でハンドガードなどを支える姿勢］でも、座射でも伏射でも。速射の訓練もあった。この場合は一定の時間内に弾丸を放たなければならない。標的の着弾点によって1〜10点の得点が与えられる。標的の中心が10点だ。チャックはどの姿勢でも優れた成績をあげたが、500ヤードの射線が気に入っていた。オープンサイト［銃口上のフロントサイトと銃後方のリアサイトのこと。肉眼で同時に覗いて狙いを定める］でその距離から標的のど真ん中を撃ち抜けたことは、忘れられない思い出となった。

射撃訓練の締めくくりに得点を争う試合があった。速射でチャックが弾丸を猛烈な勢いで送っていると、調節可能なリアサイト《アジャスタブルサイト》が緩んで落ちた。着弾点は標的の中央からまっすぐ下に一直線に並んでおり、痛い失点となった。それでも手持ちの弾薬250発のうち236発を撃っており、射撃資格《エキスパート》を得てクラスの最優秀射手《ハイシューター》になった。

残念なことに、ライフル射撃訓練はいったん終了になった。デルタ中隊はキャンプ・ペンドルトンに戻され、ここでチャックら新兵は最後の過酷な体力テストを受けた。チャックは60人クラスの2番目の成績で、基礎訓練キャンプを修了した。与えられた主なMOS（職種専門技能）

コードは0311、すなわち「ライフルマン（小銃手）」だ。

チャックが帰休で戻ってくると、父親は息子が海兵隊員になったことを手放しで喜び誇りに思ってくれた。母親はまだ心配顔だった。そのころデニスは陸軍に入隊して不在だったが、ほかの友達はまだうろうろしていた。チャックは元のように酒を飲んだが、少しは成長していた。もう書類棚が必要になることはないだろう。

30日間の帰休後に基礎歩兵訓練が始まるため、チャックはふたたび別れを告げた。母親はまだ気をもんでいて父親も不安げだったが、以前のようにその気持ちを露《あら》わにすることはなかった。

キャンプ・ペンドルトンに戻ったチャックは、さまざまな火器の使用方法を習得した。マシンガンのM60とM90、バズーカ砲、それと手榴弾の投げ方も。

さらに戦争のシミュレーションでサバイバル術も学び、軍人が想定する戦争にできるだけ近い形で野営した。その間は強行軍や自給自足をして、食べられるものを探し、各個掩体《えんたい》で寝たりもする。最後には、実弾が頭のすぐ上を飛ぶなか、蛇腹形鉄条網を這いくぐった。

5週間の歩兵訓練のあいだに、新兵は時々息抜きを許される。チャックは親しくなった仲間とサンディエゴ動物園、ディズニーランドといった観光名所に足をのばした。航空訓練の資格試験が翌朝の8時にひかえた晩には、ふたりの仲間からタトゥーを入れにサンディエゴに出かけようと誘われた。

「仲間に引きずりこもうとしても無駄だぞ」チャックは答えた。

「いいからつき合えよ」ひとりが笑いながらいった。「見ててオレが痛くてたまらなくなったら、手を握っててくれててもいいし」

チャックは大げさで間抜けなタトゥーをするのは馬鹿げていると考えていた。まだ本物の戦闘を経験していないのだからなおさらだ。それでもつき合った。

針を刺される前に、仲間は気つけに何杯か飲むことにした。チャックはそれにもつき合った。次に記憶にあるのは、映画館で眠っている仲間にはさまれて目を覚ましたことだ。

「ここはどこだ？」チャックは叫ぶと、自分の腕にあるタトゥーを見て「これはどうしてここにあるんだ？」と聞き、仲間の腕を見て「お前らのはどこだ？」と尋ねた。

タトゥーが彫られているのはチャックだけだった。時計を見て彼はいった。

「午前5時だ！　テストを受けに8時まで基地に行かなきゃ」

チャックはテストに落ちた。次のテストを受けるなら、食堂で働きながら丸1か月待たなくてはならない。

陰気な顔で皿洗いをするあいだに、新規のスカウト・スナイパー（前哨狙撃兵）プログラムを見つけた。ヴェトナム戦争の開戦当時には海兵隊になかったが、戦況の拡大にともない創設された訓練プログラムだ。各歩兵連隊にはスカウト・スナイパー小隊が1個配備され、この小隊を構成する3個分隊はそれぞれ、2人組の5チームから成っている。スカウト・スナイパー分隊長が2人組チームを中隊に割り当て、必要に応じて派遣や引き上げを判断する。

チャックはライフル射撃訓練で射撃資格《エキスパート》を得ていたので、4週間のスカウト・スナイパー・スクールに登録するチャンスをもらった。パイロットになるよりライフルを撃つほうが魅力的に思えたので参加した。

チャックはここでも優秀な教官に恵まれた。そのほとんどが海兵隊の伍長で、ヴェトナムの実戦から帰還していた。教官はまず、戦争でのスカウト・スナイパー方式の仕組みという全体像を教えることから、チャックの狙撃訓練を開始した。チャックがヴェトナムのスカウト・スナイパー小隊に配属されたら、まずは2人組チームの観測手になる。観測手をしているあいだに、チームリーダーである熟練のスナイパーからコツを学ぶ。交代時期が来てチームリーダーが帰国する際には、チームリーダーとスナイパー小隊長の承認を得てチャックがスナイパーに昇格する。スナイパーになれば、観測手をひとり割り当てられる。

チャックはこの方式の仕組みを知られてよかったと思ったし、ヴェトナム到着早々狙撃チームの一員になることが楽しみになった。

次に教官は、想定できる戦場でのあらゆる状況にチャックを放りこむことで、さまざまな技能を教えこんだ。カムフラージュのほどこし方と見分け方、ブービートラップの察知のし方、コンパスの読み方。日の光の下でも漆黒《そっこく》の闇の中でも、自分のいる位置を知ることはとりわけ重要だった。自分の部隊の近くに砲撃を要請しなければならないときに、戦場で現在位置を把握することが必要になるからだ。

スカウト・スナイパー・スクールの模擬戦場は、円を4つに分けた形になっていた。その中に悪者に扮した海兵隊員が警備する区画がある。チャックら訓練生は夜間に送りだされて、それがどこかを特定しなければならない。悪者を銃で撃つまねをして、区画にある箱に自分の番号を入れれば、課題をクリアしたことになり目的は達成される。

その後、チャックは射撃場でレミントンM700ボルトアクション・ライフルを渡された。はじめて手にした本物のスナイパーライフルだ。その感触とバランスのよさには驚かされた。3－9倍率レッドフィールド・スコープが装着されたM700は、その時点で米海兵隊のスナイパーライフルとして制式採用されていた［レミントンのパーツを使い海兵隊が自製。制式名称はM40］。チャックはその時思いもよらなかったが、両の手で抱えているライフルと同じモデルで、歴代海兵隊スナイパーの金字塔をうち立てることになる。

チャックはこのライフルの使い方と手入れのし方を覚えた。またその弾薬の・308ウィンチェスターが、M14アサルトライフルやM60汎用マシンガンと互換性があることも。射距離の読み方も習得した。距離の見当をつけたら歩測する。距離感がつかめるまで何度も練習した。

ライフル射撃訓練ですでに学んだことにくわえて、レミントンで照準を合わせる際にDOPE（過去の射撃データ）を利用する方法も知った。1、一定の距離から標的の中心を狙ってライフルを発射。2、弾丸が中心からどの程度落下したかをカードに記入。その情報をもとにライフル・サイトを調整し、弾丸のずれを補正。3、そのデータを緊急時も素早く参照してサイトを調節できるように、弾倉《マガジン》に貼りつけたDOPEカードに記入。

射撃場での資格試験の日、チャックは標的の中心に命中させつづけた。そんなふうに撃てる者を指導教官は見たことがなかった。チャックはそれまでの訓練生の中で最高得点をあげ、200点もしくはそれに近い得点をあげた。

1968年4月19日、チャックはスカウト・スナイパー・スクールをクラスでトップの成績で修了した。

チャックはいつでも戦える準備ができていた。MOSコード8541のスカウト・スナイパーとなったのだ。

MOSを獲得した海兵隊員で満席になった民間航空機で、チャックはサンディエゴからハワイに、そしてそこから沖縄に向かった。太平洋上では客室に煙が立ちこめはじめた。エンジントラブルのためにウエーク島に緊急着陸する、とパイロットが機内アナウンスで告げた。

チャックはちっぽけな島を見下ろして、大型ジェットが着陸するには小さすぎるのではないかと心配した。

こんなところに墜落したらどうなるんだ？　訓練したことが全部水の泡だ。

幸いなことに、大型旅客機が降下すると、島は大きくなった。

海兵隊員は別の飛行機に乗り換えて、さらに沖縄に向かった。到着した日にここで予防接種をしたあと、装備品一式を受けとった。最初がダッフルバッグ、それからその中に入れる雑多なものだ。背嚢《はいのう》、作業服、Tシャツ、ボクサーショーツ、ソックス、毛布、タオル、携帯シャベル、救急キット、赤いレンズつきの懐中電灯、ケーバー社製ナイフ、水筒、歯ブラシと歯磨き粉、ひげ剃り道具、石鹼、トイレットペーパー、虫よけ、Cレーション［缶詰の戦闘糧食］の味をごまかすタバスコソース、ポンチョ、ポンチョと組み合わせて寝袋にできるポンチョライナー、筆記道具、そしてもちろんトランプ1組も。

チャックはダッフルバッグの重さに驚き、インドシナ半島の半分をこれをもって行ったり来たりさせられるのではないかと不安になった。

チャックはある晩を最後のパーティーに充てた。行く手に待ち受けているであろうことへの緊張を和らげようとして、バーをはしご し金を湯水のように使った。

最後の行程では、C-130貨物輸送機に乗った。先がどうなるかわからないので、海兵隊員の口数は少ない。

1968年5月、C-130輸送機はダナン空港に着陸した。ダナンは、戦争のために世界一発着数の多い空港になっていた。ここから1日に2500以上の軍事行動が行なわれているのだ。

チャックは前の兵士に続いて、飛行機から内蔵タラップへと進んだ。すると、ものすごい熱気が襲ってくる。まるで火葬炉の中を歩いているようだ。タラップの下でヴェトナムの「土」に最初の一歩を踏みだすと、ブーツが滑走路の溶けたアスファルトに貼りついた。

ダッフルバッグを肩に担いだ飛行機1機分の兵士は、なんだかわからない場所に誘導された。その途中に帰国する兵士とすれちがう。彼らは笑い声をたてながらチャックたちを新入り《ファッキン・ニューガイ》だ、[ヴェトナムでひき肉にされる]新鮮な肉だと野次った。

チャックは自分も帰国する前に、そこでそんなふうに喜んでいられたらいいと思った。

気がつくと、200人くらいはいるほかの新入りとともに、太陽の照りつける滑走路に並んで待っていた。チャックは目に汗が入りながらも、あらゆる種類の軍用機が離着陸するのを見ていた。ヘリコプターが頭上を飛んでいく。その底面からカーゴネットがぶら下がっていて、兵士6人がそれにつかまっている。**ぞっとするな。あんなことをするはめにはなりたくない**、とチャックは思った。

クリップボードをもった海兵隊の将校が、航空機の轟音《ごうおん》に負けじと声を張りあげて各海兵隊員の名前を呼び、ヴェトナムでのMOSコードと所属中隊名を告げた。

「チャック・マウィニー！　MOSコード0311、ライフルマン！　第5海兵連隊第3大隊リマ中隊！」将校が呼びあげた。

チャックは叫んだ。

「自分のMOSコードは8541です。ここにはスナイパーになるために送られています」

「マウィニー！　海兵隊にはスナイパーなぞいらんのだ！　必要なのは歩兵だ！」将校は怒鳴り返した。

ショックを受けて腹立たしくはあったが、リマ中隊の兵士のあとをついて行く以外に選択肢はなかった。彼らはヘリポートに集合して、そこから北のフバイ第5海兵連隊本部に移送されるのを待っていた。

11　最初の任務

チャックの乗ったヘリコプターがフバイに近づくにつれて、第5海兵連隊第3大隊リマ中隊の防衛境界線とそのそばの橋が見えてきた。この橋をチャックは警護することになる。防衛境界線の内側には、テントや武器、補給品の山があり、いずれも各個掩体に囲まれていた。

防衛境界線の中に到着すると、ゾンビのような海兵隊員が日課をこなしていた。見つめているのはチャックには見えないもの、制服はぼろぼろ、ブーツは川底を踏んで渡るせいで黒から薄茶色に変色している。チャックは黒いブーツをピカピカに磨いていたので、場違いに感じた。

テントに案内され、ここに装備一式をしまいこんだ。それから命令どおりに並び、補給所で現地用の装備をもらった。手榴弾、C－4プラスチック爆弾、追加の水筒、弾薬、そしておもちゃのような新型のM16アサルトライフル。チャックはこの銃を見たとたんにそっぽを向きたくなった。

テントに戻り、日中の哨戒《パトロール》にそなえて個人的な持ち物の一部をダッフルバッグから背嚢に移す。それを終えると、便所を探して辺りを見まわした。それらしきものがなかったので、携帯シャベルを握って散歩に出かけた。

翌朝目を覚ますと、この日も地獄もかなわぬ暑さだった。猛烈に喉が渇いている。食堂での朝食で、水をガブ飲みしたかったがそうはいかなかった。そのあと引き続き初めてのパトロールに出なければならなかったのだ。中隊の任務には、橋の警護だけでなく、その周辺の監視もあった。対象地域を移動していると、チャックは野生の小さくて青いパイナップルがなっているのを見つけた。果物は大好物だったので、2、3個もいだ。

「そんなの食うなよ」と分隊長のフォフォ・トゥイテレがいった。サモア人の巨漢だ。

チャックは冗談をいっているのだろうと思った。パイナップルのどこが悪いんだ？ しかもチャックの胃は鉄でできているのだ。というわけで、彼は背嚢に入れて先に進んだ。

分隊がある村に入ると、何人かの子供が井戸からバケツでくんだ水を飲んでいた。バケツを差しだして飲めという。水は冷たかった。チャックはたらふく飲んで子供たちに礼をいい、歩きつづけた。

防衛境界線に戻ったチャックは、海兵隊支給のケーバー・ナイフでパイナップルを切りわけ、この美味な果物を堪能した。ちょっと酸っぱかったが、Cレーションは食べ飽きていたからよい口直しだ。

するとすぐに胃が痙攣《けいれん》を起こした。痛いのなんの、しかも下腹がギュルギュルいっている。携帯シャベルをつかむと走った。出すものを出すと、今度は嘔吐が始まった。これはチャックの得意技だ。ところが、それが輪をかけてひどかった。胸が焼けるように痛むので、死ぬかと思った。パイナップルと汚い水を口にした呪いだ。かくして中隊の新兵チャックは、愚かしさと恥をさらけ出しながら下痢に苦しんだ。

その後、自分のテントのそばで跪《ひざまず》いたチャックは、えずくばかりで吐きだせるものは何もなくなっていた。だれかが話しかけてきた。

「海兵隊員さんよ、何かお困りかい?」フォフォだった。

「死ぬ」とチャックはうめき、汚れた手の甲で顔をぬぐった。

「パイナップルをもいだヤツだな?」

「チャック・マウィニーです」チャックは低い声でいうと、うなずいた。

フォフォはチャックの背中を優しく叩いた。

「死にゃしないさ。だけど、これが終わる前に死んだほうがましだと思うだろうな」

フォフォはきれいな水を運んできて、チャックの喉に流しこんだ。はじめこの水のせいでチャックは胃痙攣《けいれん》を起こして軽業師のように転げまわり、飲みこんだとたんに吹きだした。

「殺す気ですか!」

「お前なら大丈夫さ、チャック。飲め、もう一度だけだ」

フォフォが夜通し水を流しこみつづけると、チャックは少し腹に収められるようになった。それを見てフォフォは下痢の薬をくれた。翌日になると、チャックは助かるかもしれないと思いはじめた。

「恩に着ます、分隊長。ケツを救ってくれたんですよね」チャックは笑い顔を作った。

「そうともいえる。呪いから逃れられてよかったな。だけど地獄にいるのには変わりない」フォフォはニッと笑った。

チャックはヘリコプターが防衛境界線に向かって飛んできているのに気づいた。底面から補給品の入ったネットが吊り下がっている。

「ネットには何が入っているんだろう」チャックがいった。

「少しは手紙があるといいんだが。しばらく一通もなかったんだ」とフォフォ。

ふたりは、ヘリコプターが着陸帯にネットを置いていくのを見ていた。ホバリングしながらストラップを外して飛び去っていく。伍長が乱暴にネットに手を入れ、ゴミ入れの缶と同じくらいの大きさの郵便袋を引きだして、防衛境界線の中央に運んだ。

チャックとフォフォが着くころには、海兵隊員がその周囲に集まっていた。伍長はさながらサンタクロースだった。1通目の手紙を掲げて、大声で宛名を呼ぶ。ラッキーな海兵隊員は人垣をかき分けて現れ、伍長から宝物のように手紙を受けとり、においを嗅ぐと母国のセクシーな恋人の香りがしたかのように、ニヤッとしてもちあげた。みんながはやし立てる。

「マウィニー！」伍長が叫んだ。小包を掲げている。チャックは手を上げた。伍長がそれを人々の頭ごしに投げて寄こす。チャックは小包を卵のパックのように優しくキャッチした。靴箱ほどの大きさで、茶色の紙で包まれ紐で縛られている。

「だれからだ？」フォフォが尋ねた。

「親父からです。手紙はもらってたんですが、小包は初めてだ。何が入ってるんだろう？」

「開けてみろよ。中身が何か見てみよう」フォフォは自分のケーバー・ナイフを渡した。

チャックは包みを引き裂き、破いた紙をフォフォに渡して蓋を開けた。すると手紙と新聞紙にくるまれたジャーキーが入っていた。

「シカのジャーキーだ」チャックは大きな塊を嚙みちぎると、箱をフォフォに差しだした。「どうぞ、気に入りますよ」

フォフォは大きな白い歯でひと口食いちぎった。

「うほ！　うまいな！　どこで手に入れたって？」

チャックは同封された手紙を読んだ。

「基礎訓練キャンプに出発する直前に、自分が仕留めたシカで作ったものです。親父は、1頭丸ごとジャーキーにしたので、もっと送るといってます」

「上等だ！　これは絶対にCレーションなんかよりずっといいや」

チャックは箱をいちばん近い男に手渡した。

「おいお前、ひとつ取ったらまわしてくれ」

海兵隊員は互いにお前《アスホール》と呼びあう。

「フォフォ！」伍長が声を張りあげた。

チャックとフォフォはチャックのテントに戻り、補給品用の木箱にすわって、ニヤニヤしながら手紙を読み返した。フォフォは自分の手紙を丁寧にたたむと、ポケットに滑りこませた。チャックは手紙を空になったジャーキーの靴箱に入れた。

フォフォが話しはじめた。

「チャック、お前はしばらくこの国にとどまるだろう。忠告しておくことがある」

「ぜひお願いしたい」

「厄介事が起こる前に、知る方法を教えるぞ。チャック、住民を観察するんだ。住民が教えてくれる。日課を観察しろ。それでその日課が崩れたら理由がある。どこを歩いているか注意を払えよ。住民が小道を避けたり水田で近道したりしたら、理由がある。ヴェトコンはブービートラップを好んで使うが、村人とは顔見知りで頼りにしてもいる。だから村人に危害がおよばないよう、ブービートラップがどこにあるか教えているんだ。

物で遊ぶなよ、チャック。アメリカ人は好奇心が強いのをヴェトコンは知っている。だから、安全を100パーセント確信できないものを見たら、手を出すんじゃない。もし安全だったら、地元の子供が先にもっていっているはずだ。つい遊びたくなるものがあるなら、ブービートラップの可能性がある。アメリカ人は缶を蹴ったり、足を引きずって水田の畔《あぜ》をのぼったりしたがる。地元民はそういうことをしない。その理由は明らかだ」

それからフォフォはチャックにみずからの感覚を使うことを教えた。

「目を使ってどんな変化も逃さず脳に伝えるんだ。だけどまずは、何が普段どおりなのかを知らなくてはな。辺りを見まわすんだ。ただ見えているものを見るんじゃない、もっと深く見るんだ。農民がひとりで水牛と作業をしている。そこにほかの農民はいないか？　農民が水田に水牛と一緒にいてもおかしくない季節か？　農民は作業に集中しているか、それとも時々足を止めながらうろつきまわっているのか？　稲はどんな様子だ？　生え揃っているのか、それともその季節にしてはおかしなところがあるのか？　農民の背後の木立はどうだ？　木立の樹木の茂り方はどんな具合か？　葉っぱをよく見ろ。正常に見えるか？　バナナの葉やタケなんかの植物が、不自然でない向きに生えているか、それとも折れているか？　木立の中や近くで鳥は飛びたっていないか、静けさを破るものはほかにないか？

　嗅覚に救われることもある。若くて大きな鼻をしているんだから、今後はその使い方を知らなくてはな。周囲の自然なにおいを知っておくことだ。近くの村からは、タケの燃えるにおいも料理のにおいも漂ってくる。何時に夕飯を作るか覚えておけ。たとえば村に近づいて夕飯の時間でも、それとわかるにおいがしてこないとする。何か異常があるのかもしれない。ヴェトコンか北ヴェトナム軍が村にいて、村人が日課をこなせなくなっていることもありえる。人間は体臭を発散する。緊張すればするほど体臭はキツくなる。腐った食べ物や水から刺激臭がしたりもするだろう。異臭は必ず、何かがおかしいことを示している。鼻を使って注意を払うんだ」

それからフォフォは声をひそめた。
「どこに行くにしても、どんな音がするか知って覚えとけ。これまでお前はこの若くて大きな耳を、身を守るためより楽しむために使ってきた。なんにでもどこにでも音はある。鳥、トカゲ、カエルのような野生生物にも日課ってものはあって、環境を乱されるとちがう声や音を出したりする。夜の音と昼の音の区別がつくようにしろ。ちがう音がしないか必ず耳をそばだてるんだ。この戦争で破壊されて貧困に苦しむ国であっても、村には地元民が働き、暮らしをたてていることを示す音がある。手編みの竹マットの上で稲穂を叩く音。日々の営みの中でボソボソ交わされる言葉。ブタのヴェトナムポットベリーが時折あげる鳴き声。赤ん坊の泣き声や遊んでいる子供たちの笑い声。敵が村の近くや中にいれば、こういう音はちがってくる。チャーリー［ヴェトコン］だって、夜の暗闇の中で草木を動かして音をたてる。遠方の敵の迫撃砲がたてる小さくてくぐもったボンッという音。音から物語がわかるなら、お前みたいなボヤボヤした若造でも命を救われるかもしれんのだ。

味覚を活用することも忘れるなよ。味覚はガーリックバターに浸したロブスターや、ハンバーガーの3口目にピクルスを味わうためだけにあるんじゃない。お前は何かの強いにおいを嗅いで、それを味わうことができた。味覚ってのは普段脳に意識されていないが、変わったことがあるときだけ活性化するもんなんだ。においのために味が微妙に変わったように感じることがある。ふつうの味を知っておいて、変化に気づくようにするんだ。

気配を察知する感覚は、兵士にとっちゃ重要だ。なぜなら戦闘が夜間にあるのはざらだからだ。2回に1回が真っ暗闇になる。そうなりゃ周りに何があるか感じるしかない。懐中電灯は役に立つだろうが危険だ。チャーリーに見られることにもなるからな。緊急時や地図を読むときは、赤いレンズの光だけを使え。気配を察知する感覚は、通常の日課をとおして養われるし、気配を感じたのがきっかけでほかの自然な感覚が働くこともある」

それから真顔でいった。

「チャック、大事なのは第六感だ。直感ってもんだ。自分の直感を信じろよ」

チャックは間もなく、フォフォの第六感を舞台の中央で観察する機会に恵まれた。パトロールである村を調べていたときのことだ。木立の辺りにいたチャックは、水田の向こうの村で、村人が不審な行動をしているのに気づいた。小屋の外に集まってはいるが、子供の姿がない。

フォフォは難しい顔をした。

「何が起こっているんだろう、分隊長?」チャックが尋ねた。

「これ、なんか変な感じがするんだよな。どこかおかしいと何かが告げているんだ」

フォフォは折りじわだらけの古い地図を取りだしてすわりこんだ。そして地図を使って、自分たちのすぐ近くの木立への砲撃の手はずを整えた。通信兵に座標を伝えると、その通信兵がさらに最寄りの砲兵隊に攻撃にそなえるよう要請する。

そうしてチャックとフォフォらパトロール隊は、その地域の南の端を徹底的に捜索してから、村に向かいはじめた。と、突然バン、バンと弾丸が炸裂《さくれつ》した。敵が木立からＡＫ－47アサルトライフルを撃ってきたのだ。フォフォが砲撃の目標に設定したあの木立だ。弾丸はチャックの耳元の短髪をかすめるほど近くを、うなりをたてて飛んでいった。敵の姿は見えない。見えるのは銃口炎《マズルフラッシュ》だけだ。チャックは戦闘に参加したが、Ｍ16がジャム［給弾もしくは排弾の不良］を起こした。この任務は自殺行為だったのか？　後退する海兵隊員とともに走りながら、ジャムを解消しようとする。フォフォがすでに伝えていた砲撃を無線で要請した。巨大な砲弾がヒューッと音をたてて頭上を通りすぎ、敵のいる木立に突っこんだ。海兵隊員の居場所から１００メートルと離れていない。耳をつんざく爆発で、太い枝がバラバラにふき飛び、敵が四散した。

その日海兵隊員はひとりも死なずに済んだ。チャックはフォフォをすごいと思った。分隊の前進を止めて後退したほうがよいと、どうやって知ったのか？　待ち伏せ攻撃があるとなぜわかったのか？　それがフォフォの第六感だった。直感というものだ。

だがチャックにとって、欠陥ライフルで戦いに臨むのは信じがたいことだった。調整や清掃など、あらゆることを試みたが無駄だった。ほかの大半の海兵隊員のライフルはジャムを起こさないので、チャックは最低最悪のものを渡されたのを悟った。火器係のテントで取り替えてもらおうとしたがダメだった。

それ以来チャックは、自分の直感は信じたが、Ｍ16は信じなかった。

12 本格的な戦闘

この初戦以来、チャックはM16歩兵として、第5海兵連隊第3大隊リマ中隊とともに橋の付近で2か月以上を過ごした。週に3度ほど村々へのパトロールに出て、たいていヴェトコンか北ヴェトナム軍の形跡を探す。村人はアメリカ人に好意的だった。それは敵がもはやこの地域にいないことを示している。チャックはどこで戦争をやっているんだろうと思いはじめていた。

その間、戦闘はアンホア盆地に位置する米海兵隊戦闘基地で繰り広げられていた。ダナンから南に40キロのところにあるこの盆地は農業地域で、米、果物、トウモロコシの産地として知られる。そのため、南ヴェトナム軍と戦おうとする共産主義の北ヴェトナム軍が、ホーチミン・ルートを移動する際に立ち寄る場所として人気だった。北ヴェトナム軍とヴェトコン（こちらも共産主義）の一部は、「アリゾナ準州」、「ダッジ・シティ」、「ハノイ島」と海兵隊員が呼ぶ地域で非武装の村を占拠していた。こうした村は互いに生け垣と小道でつながっているので、共産主義者にとって防御しやすい。ヴェトコンは北ヴェトナム軍に代わってこうした地域で支配力を行使しており、アメリカ人に協力する郷土の村人を裏切っていた。従わないと確実に死ぬという恐怖のなか、地元民は共産主義者が望めば食べ物でもなんでも差しだした。ヴェトコンは日中は農民のふりをして、夜になると戦闘員に豹変《ひょうへん》する。くわえて、ハノイ島の共産主義者はロケットと破壊工作員を送りこんで、ダナンを悩ませていた。アンホア米海兵隊基地は、村人とダナンを守るために建設されていた。海兵隊の哨戒隊がハノイ島で敵を押し戻そうとして開始した熾烈《しれつ》な戦闘が、いわゆる「アレン・ブルック」作戦である。

フバイ北部の橋での3か月目に突入したチャックは、アレン・ブルック作戦の支援兵力としてリマ中隊とともにアンホアに空輸された。アンホア基地は、チャックが警護していた橋よりはるかに大規模で、ずっと活気にあふれていた。航空機やヘリ、トラックが出入りし、いたるところで戦車がガラガラと音をたて、ジープがせわしなく走りまわっている。小型で平床のM274「ミュール」トラックが大小の通りを行き交い、補給品や人員を運搬してまわっていた。

リマ中隊は、アンホアに到着するとそのままフル装備でリバティー橋を渡り、ハノイ島のアレン・ブルック作戦にくわわった。チャックは救いようのないM16アサルトライフルをもって銃撃戦に臨んだ。

チャックのすぐそばで戦っていたM60汎用マシンガンの射手が殺られた。その助手が射撃任務を引き継いだので、チャックが助手になった。ベルト給弾の面倒を見て移動を手伝う。するとそのマシンガン射手も死んだので、チャックはとっさにこの大型銃の焼けるように熱いふたつのハンドル［チャージング・ハンドルとキャリング・ハンドル］を両手で握りしめ、敵陣地に弾丸をバラ撒いた。

この銃撃戦のあと、チャックは敵を倒したかどうか自分でわかっていないのに気づいた。

その後M60マシンガンの射手をずっとやれといわれた。M16とはおサラバできるが、マシンガン射手の平均余命が短いことはわかっている。チャックはこの大型銃をほかの者と交換しようとしたが、受けとろうとする者はいなかった。

アレン・ブルック作戦の小休止のあいだに、今回はリマ中隊にスカウト・スナイパー・チームが1個派遣されていることを知った。自分がスナイパーにはならないと知らされて以来、スナイパーという言葉自体聞いたのは初めてだ。それからほどなくして、スナイパーのオルバリー伍長に挨拶にいった。オルバリーは、アンホア基地のスナイパー小隊に配属されており、観測手が必要だという。チャックはアンホアにいるスナイパー小隊長に会いにいって、このポジションにつけてほしいと頼まなくてはならなかった。

そこで歯が痛いふりをしてアンホアに後送された。歯医者を素通りして、スナイパー小隊長を探す。小隊長はスナイパー小隊オフィスにいた。ここでチャックは、自分がこの仕事にふさわしい人間であることを彼に確信させた。小隊長はチャックを、第5海兵連隊第3大隊リマ中隊から第5海兵連隊本部のスカウト・スナイパー小隊に異動させる命令を出した。チャックは有頂天になったあまりに、歯も痛くなくなった。

小隊長は、隣のスナイパー用テントに顔を出すよう指示した。巨大なテントで、チャックはここで2人組の狙撃チーム8個と暮らすことになる。与えられた簡易ベッドには下に物を置けるスペースがあったので、ダッフルバッグを置いた。中には戦場にもっていけない個人的な持ち物が入っている。

チャックはオルバリー伍長の観測手になった。オルバリーは派遣期間を終えるまであとひとつの任務を残すだけになっていたので、時間を惜しんで動き、あらゆる機会をとらえてチャックに自分が得た知識をことごとく伝授した。単なる敵の狙撃だけでなく、スナイパーとしての心得もだ。

「背嚢を取ってこいよ。火器係のところに行って、お前の観測手用装備をもらってこよう」オルバリーがいった。

火器係のテントは、スポーツ用品店と宝石店の中間のように見え、ガンオイルと葉巻の煙のにおいがした。テントの幅いっぱいに広がったカウンターの向こうで、エプロンをした火器係が葉巻をくゆらせている。

チャックはM16を手渡した。

「この出来損ないを捨ててくれ。調子がいいことは一度もなかったし、これからもないだろう」

火器係は目を細めたが、ライフルを受けとると100丁以上の似たような銃とともに、ライフルラックに立てかけた。チャックはそうしたライフルのことが気になった。その中のどれくらいが欠陥品で、それを使った者はどうなったのだろう？　何人が遺体袋に入って帰国したのだろう？　自分のライフルの次の持ち主が気の毒になった。

チャックはようやくM14アサルトライフルを手に入れた。これこそ本物の銃だ。天国にいる心地だった。スナイパーのための特注品だ。公差が最小になるよう厳密に調整されているので、銃身《バレル》や銃床《ストック》がガタつくこともないだろう。折りたたみ式二脚《バイポッド》も装備されていた。ウィンデージとエレベーションの調節つまみは、目盛りごとにきちっと止まりながらまわる。訓練で使用していたくたびれたつまみとはちがう。「サイトイン」［サイトの調整。零点規正］が待ち遠しかった。

「20発クリップ［この場合はボックスマガジン（箱型弾倉）］は何個いる？」火器係が聞いた。

「5個」チャックは訓練を思いだしながらいった。

「こいつに必要なのは6個だ」とオルバリーがいい、チャックに説明した。「新品じゃないから、あとでその中から程度のよい5個をより分けたくなるはずだ。2個をテープでくっつけておけ。1個が上向き、もう1個が下向きだ［汚れの侵入を防ぐためという説がある］。そうすりゃ急いでいるときも、ふたつをただパキッと折ればいい」

クリップを両腕で抱えながら、チャックはいった。

「30日分にしては、弾数がそう多くない気がするけど」

オルバリーがいう。

「レミントン［レミントンM700スナイパーライフル。狙撃チームのスナイパーが使用］の弾薬がもっとほしくなったら、本部に無線連絡するだけさ。また、派遣される中隊には必ずM14のための弾薬があるはずだ。そのうえでいうが、M14の弾薬はレミントンと互換性はあっても、大きさや重さにバラつきがあるから、ほかに選択肢がないときしか使うんじゃないぞ。レミントンで、中隊の曳光弾《トレーサーラウンド》を絶対に使わないというのも肝に銘じておけ。精密加工のバレルをどうしても摩耗させることになるからな」

オルバリーは次に、チャックを補給品のテントに連れていった。

チャックはすでに重くなっているダッフルバッグに、次のような品々を入れていった。迷彩服上下、緑のソックス4足、緑のTシャツ3枚、緑のボクサーショーツ3枚、ショルダーウェビング［帯に装備を取りつけられる］、双眼鏡、微光暗視装置《スターライトスコープ》と予備のバッテリーとスモークレンズ、ライフル清掃用のロッドとブラシ、ホッピー社製の溶剤とガンオイル、そして車のタイヤチューブから作ったゴムバンド。

身につけてもち運ぶものとしては、ライフルレンズを拭いたり目にしたたる汗をぬぐったりするのに使う緑のハンカチ、コンパス、地形図。

チャックがその地形図をポケットにしまう前に、オルバリーがカウンターの上に広げて、これまで自分が入ったことのある地域とこれからふたりで行くであろう地域を教えた。そしてふたりがどこにいるかチャックが地図上で正確に示せなければ、自分は絶対に気分を害するぞ、と警告した。

「ところで、われわれは明日の朝出発する予定だ」オルバリーが告げた。

「行き先は？」

「われわれはアンホア盆地の第5海兵連隊第1大隊アルファ中隊に、30日間派遣される」

「それはどうしてわかるんですか？」チャックは尋ねた。

「今朝、スナイパー小隊オフィスの第5海兵連隊派遣掲示板をチェックしたのさ。今晩は装備を点検することにして、明日補給ヘリ《バード》に同乗させてもらうぞ」

13 観測手

翌日の早朝、チャックとオルバリーはアンホアの食堂で朝食をとった。これを最後に、しばらくのあいだ「手作り」料理にはありつけないだろう。チャックは肉、ジャガイモ、卵をたらふく詰めこみ、冷たいミルクを目一杯流しこんだ。栄養と水分の補給を済ませたところで、ふたりは水を跳ねあげながらスナイパーのテントに行き、支度を調えた。チャックはM14を背嚢から出すと、背嚢のショルダーストラップをもちあげた。追加された狙撃用装備でかなり重くなっているので驚く。テントを出ると、ずっしり重い背嚢を勢いよく背負い、オルバリーのあとをついて離着陸場に向かった。第5海兵連隊第1大隊アルファ中隊への飛行に同乗させてもらうためだ。

滑走路でふたりは、アルファ中隊への補給品をカーゴネットに入れている搭乗員《クルー》を見つけた。

「あとはただ、補給ヘリを待つだけだ」オルバリーはチャックに告げた。

「乗せてもらえると思う?」

「ふたりともスナイパーだから、乗れないことはない。このレミントンを見れば、代わりにだれかが降りなければならないとしても、われわれを乗せるさ」

チャックは、狙撃チームにいるのもなかなかいいと思いはじめていた。

ふたりは航空機の翼の陰に入り、背嚢に腰かけてたばこをふかしながら休んでいた。視野の中には、荷が積まれたカーゴネットがある。

何時間も経ってから、ツインローター形式のCH-46「シーナイト」ヘリがアルファ中隊への補給品を拾いあげるために到着した。チャックとオルバリーは装備を投げいれて飛び乗った。クルーがカーゴネットの長いストラップをヘリの底面に引っかける。ヘリが上昇するとストラップがぴんと張り、ひと塊になった補給品が機体の1メートルほど下にぶら下がった。

それから午前中のうちに、補給ヘリはアルファ中隊の防衛境界線近くに着陸した。オルバリーとチャックは中隊長を探しにいった。挨拶して召集の理由を尋ねるためだ。

中隊長はいった。

「夜間の破壊工作に手こずっているのだ。君たちは防衛境界線で陣地を設営してほしい。そうすれば日没後にヤツらを相手に仕事ができるだろう。だがそれまでの日中は、自由にやっていてくれ」

その地域の安全性はかなり高かったので、チャックは新しいM14の試射や「サイトイン」ができた。ライフルの零点規正をする際には、100ヤード（約91メートル）から500ヤードまで100ヤード刻みで弾丸の落下を計測し、それぞれの距離ごとにエレベーションの調整値を書きとめた。ケーバー・ナイフでサイトの調節つまみの部分に、100ヤードごとのDOPE（過去の射撃データ）の印をつける。

その夜、チャックとオルバリーはともに、防衛境界線上の大きな各個掩体の暗がりに潜んで監視を開始した。夜のコオロギやカエルの鳴き声に耳を澄ませる。

オルバリーはチャックに知恵を伝授しはじめ、チャックはそのひと言ひと言に聞き入った。

オルバリーが小声で話す。

「狙撃チームは一緒に多くの時間を過ごすんだ。実際、ふたりが離れている時間はないな。互いのことがよくわかるようになるだろうし、そうでなくちゃならん。どんな状況でも、相棒がどう反応するかがわかるようになるのさ。ほとんどの場合、チームリーダーが派遣任務を終えて本土に戻るまで、チームはずっと一緒にいることになる。

だが、互いの働きが噛みあっているチームでは、緊張感が薄れたりもする。大丈夫だという錯覚に陥りやすい。チームが若くてがむしゃらなら、それだけ危険を顧みずに多くの戦果をあげ、『猛者』としての評判を得る。スナイパーは観測手に教えるのをやめ、ふたりともだらけて、危険な目に遭う確率が高くなる。そのため小隊長はチームを解消し、観測手を別のチームに移して、スナイパーに新しい観測手をつけるんだ。それは悪いことばかりじゃない。新しい観測手がスナイパー・スクールを出たばかりなら、新しい訓練テクニックをもってくるだろう。観測手がベテランなら、スナイパーに手順の基本に戻ることを思いださせる。射撃のみならず距離読み、目標外照準［サイトが調整不良のときの応急措置として、目標とはちがう点を照準して射撃する方法］、監視技術なんかのな」

チャックはオルバリーの知識にいちいち感心し、それを自分から教えてくれたことに感謝した。

その夜、チャックとオルバリーは各個掩体で何事もなく過ごした。日が昇ると、オルバリーは引き続きその近くでチャックの実地狙撃訓練を行なった。

「敵を暗闇で倒さねばならないこともある。それどころか、戦果をあげるのは日が暮れてからが**多い**だろう。北ヴェトナム軍とヴェトコンは夜間に行動したがる。破壊工作員は暗い中、海兵隊員のいるところに忍び寄って自爆するんだ。ヤツらはフットボール場ほどの距離を這って移動するのに3、4時間かけたりもする。爆薬のようなものをぎっしり詰めたズック地のカバンを引きずりながらな。それを防衛境界線に投げこむのが目的だ。静かな夜にはそいつらのにおいがわかることもある。アヘンやマリファナの甘い香りと交じって、死とクソと小便の臭気がするんだ。もし地雷も避けて蛇腹形鉄条網もすり抜けたら、暗視スコープをもつ者が排除するほうがいい。さもないと朝までに海兵隊員に死人が出ることになるからな」

現実になりつつあると、チャックは思った。**じきにだれかを殺すことになる。**日曜学校が思いだされた。「殺すべからず」(『新契約聖書　修正改版』)。**殺したあと自分はどう感じるんだろう?**

オルバリーは言葉を続けた。

「夜間にそうした敵を仕留めるためには、暗視スコープを使いこなさなくちゃならん。どうやればよいか見せてやろう」

オルバリーはズボンのポケットからCレーションの箱を出した。長さ15センチ、幅8センチ、深さ2・5センチくらいの大きさだ。

「これはいい標的になるぞ。中身が詰まっているから、置いても据わりがいいはずだ。こっちに来い」

チャックがあとをついて行くと、オルバリーは防衛境界線から70メートルほど野原に出ていき、箱を地面に立てた。

各個掩体に戻ると、オルバリーはチャックのM14を手に取り、それにバイポッドを装着した。伏射の姿勢をとり、ライフルのバイポッドと床尾《バット》を支点にして銃を地面に置き、片目で穴照門《ピープサイト》を覗く。

「今はサイトを調節して、箱の中心がまっすぐ見えるようにしている」オルバリーはライフルをそのまま固定すると、立ちあがった。「暗視スコープを出そう」

チャックはそれを生まれたての赤子のように渡した。

オルバリーはスコープの黒いレンズを指差した。

「日中の射撃で日光から保護するスモークレンズだ。明るい時は絶対に外すなよ。さもないとスコープが焼けちまうからな。次はこのスコープをライフルに取りつけて調整する。するとこいつも箱に照準が合うようになる」

チャックが近くで見守るなか、オルバリーはライフルを動かさずに、スコープをバレルに取りつけてから伏射の姿勢に戻った。チャックに話しかける。

「スターライトスコープのスイッチを入れて、十字線《レティクル》が箱の中央に来るよう調節している」そして立ちあがって後ずさった。「今度はお前が見てみろ」

チャックは姿勢を低くしてうつ伏せになり、スコープを覗いた。Cレーションの箱も何もかもが若草のような明るい緑をしてぼやけている。

「へえ、暗くなってもこんなふうに見えるんですかね？」チャックはいった。

「そんなもんだが、星明かりか月明かりかでちがってくるな。光があればあるほど、スコープは敵の顔のような、光る物をとらえやすい。真っ暗闇なら万事休すだ。ピープサイトをもう一度チェックしてみろ。まだ正確に合っているか確かめるんだ」

「完璧です」とチャックは答えた。

「夜間任務に就くとわかってるなら、必ずこのやり方で、スコープのレティクルがピープサイトの照準と一致しているかどうか確かめておけ。それで準備完了だ。それじゃ、スコープのスイッチを切って。中隊長に会って、今夜日没から1時間後に試射する許可をもらおう」

1発の試射が許され、指揮所と防衛境界線のすみずみにこのことが伝えられた。

日没後1時間して、各個掩体の中でオルバリーはチャックに、Cレーションの箱を見つけて撃てと命じた。チャックは片目をスターライトスコープに押し当てた。世界全体が光を帯びてぼやけた緑色をしている。Cレーションの箱をこの新世界で探索して発見し、撃った。

「命中！」オルバリーがいった。

「だけど箱が動いたのは見えてない」

「たいてい観測手のほうが射手よりよく見えてるものさ。だから、弾丸がチャーリーに当たったら、『命中』というんだ」

翌朝、ふたりはCレーションの箱まで歩いていって調べた。チャックが驚いたことに、弾丸の穴はほぼ中央にあった。スコープの画像がぼやけていたので、命中した瞬間は見ていない。これで自分自身とM14でできることについて、よりいっそう自信がもてた。

数日後、チャックとオルバリーは、アルファ中隊とともにアリゾナ準州に徒歩で入るよう命じられた。北ヴェトナム軍がどの程度増強しているか調べることが目的だ。チャックはアリゾナの評判を知っていた。そう名づけられたのは、ここで繰り広げられる銃撃戦が昔のアメリカ西部を連想させるからだ。殺るか殺られるかの危険な土地、ということだ。

翌朝アルファ中隊が出発した。

アリゾナに向かう小道にはじめて足を踏みいれたチャックは、縦列で進む歩兵の上に、強い不安が霧のように降りてくるのを感じた。**これから自分は死ぬんだろうか？**　極度に緊張し、M14を構えて踵をつかないように歩いた。

海兵隊員はスナイパーの命を守りたいと思っていた。オルバリーが縦隊の中ほどに、チャックがその10メートル程度後ろにいたのはそのためだ。チャックの10メートルくらい後ろには通信兵がいる。縦隊の先頭にいるのは斥候兵《ポイントマン》だ。その役割は、ブービートラップや地雷、敵兵を避けながら中隊を先導することにある。フォフォがチャックに教えたように、ポイントマンは直感を働かせる。その度胸たるやいかなる想像もおよばないほどだ。先頭に立ったとたんにこの世とおサラバしていなければ、かなり有能なポイントマンということになる。

チャックの前方では海兵隊員の縦隊が村に入っていく。小屋のあいだをくねくねと進むさまは、獲物に忍び寄るヘビのようだ。チャックも村に入った。無人のようにしんとしている。人気のない小屋の暗闇に沈んだドアを通りすぎるとき、チャックは視線を感じた。前のオルバリーにささやく。

「え、どういうこと?」

「地面の下に村人がいるのさ」オルバリーが小声で答えた。「フランスと戦争していたときの掩《えん》蔽壕《ぺいごう》が残っていて、そこにいるんだ。今はアメリカが戦争しているが、死者や破壊の被害があるのは変わらない」

村人は北ヴェトナム軍とヴェトコンに食べ物を奪われているのに、どうやって生き延びているのだろう、とチャックは不思議に思った。

AK-47アサルトライフルが火を噴いた。縦隊は弾除けになるものに向かって一斉に散り、小屋のあいだでうずくまった。

「スナイパー、こっちだ！」列の前から大声が聞こえた。

チャックは銃弾の嵐の中をオルバリーに遅れまいと走り、しゃがみこんだ海兵隊員を通りすぎて村のはずれに出た。するとそこで中隊長が両膝をついている。周囲の歩兵は見通しのよい野原をはさんだ90メートルほど先の木立に向かって、M16アサルトライフルを撃ちこんでいた。通信兵が中隊長の隣に勢いよくすわりこんだ。中隊長は双眼鏡で木立に目を凝らしている。

「アンホアにつなげ！　砲撃を要請する！」銃声に負けじと怒鳴る。

通信兵が無線機を取った。

「アンホア、応答せよ！　アンホア、応答せよ！　どうぞ！」

中隊長はその横でもどかしそうに無線機に手をのばしている。

「スナイパーにお役に立てることは？」オルバリーが叫んだ。

中隊長が叫び返した。

「ポイントマンが撃たれて倒れた！　遮蔽物のない野原で、敵から20メートルぐらいの距離だ。チャーリーはポイントマンを照準にとらえつづけている。動こうとすると、そのたびにあのクソ野郎が弾を撃ちこみやがるんだ！　そいつをポイントマンから引き離さなきゃならん！」

チャックとオルバリーは、すぐさま藪《やぶ》の途切れた場所を見つけた。すぐ近くにポイントマンがおり、その向こうに木立がある。苦痛で涙を流しているポイントマンの頭上で、弾丸がうなりをたてて飛び交っていた。チャックとオルバリーは双眼鏡を木立に向け、彼を苦しめている射手の姿を血眼になって探した。

　ポイントマンが立ちあがろうとする。ズボ！　さらに1発が体にめりこんだ。

「あまり時間がないな。ぐずぐずしてると、チャーリーにとどめを刺されちまう」オルバリーがいった。

　ポイントマンが気の毒でたまらなくなり、チャックは尋ねた。

「チャーリーはなぜすぐに決着をつけないんです？　痛みから解放してやれるのに」

「あの人でなしは、オレたちをいたぶってるんだ。仲間のために出て来いと、挑発してるんだよ。そうして一人またひとりと餌食にする寸法さ」オルバリーが答えた。

　チャックは目の端でひとりの海兵隊員をとらえた。背丈の低い草の中を散弾銃《ショットガン》を抱えて、ポイントマンに向かって匍匐《ほふく》前進している。

「戻れ！」中隊長が怒鳴った。

「親友なんです！　自分が連れ戻さないと！」海兵隊員は叫び返して、進みつづけた。

　ゲス野郎が残酷にも目の前で味方の海兵隊員を処刑しようとしている。チャックは双眼鏡で必死にそいつを探した。**要請した砲撃はどうなってるんだ？**

　ビシッ！　もう1発弾丸を食らったポイントマンは、頭をガクッと傾けた。その体がねじ曲がり生気を失う。ポイントマンの親友は前進を止め、Uターンすると這って戻った。

「人でなしがいた！」オルバリーが大声を出した。バーン！　レミントンがものをいう。「あのクソッたれは、二度と海兵隊員を撃てなくなったぞ」

「どこにいたんです？」チャックが尋ねた。

「あの大木の根元さ。スパイダーホールのすぐそばで撃ってたんだ」

スパイダーホールは小さめの各個掩体で、蓋がカムフラージュされている。

チャックは双眼鏡をその木のほうに向けた。

「スパイダーホールの右側にも身を潜めている男がいます。迷彩服を着てるけど、よく見ると顔がわかる」

「見えた。ゲス野郎もこれで終わりだ」

オルバリーが狙いをつけるあいだ、チャックは敵の顔から目を離さなかった。**バーン！**　男の額に穴があき、血まみれの脳漿《のうしょう》が後頭部から飛び散った。

「命中！」チャックが大声をあげる。もっと早くこいつらを片づけて、ポイントマンを救えていたらよかったのに。

砲弾が音をたてながら頭上のすぐ近くを飛んでいった。チャックとオルバリーは地面につっ伏した。と同時に、敵のいる木立で爆発が起こり、幹や枝が空中に何十メートルもふっ飛ぶ。ふたりのそばにも落ちてきた。チャックは地面にぴったり身を伏せながら、ジェット機が競うように飛来し、灼熱のナパーム弾を投下して木立の残骸を焼き尽くす音を聞いていた。ナパーム弾のゲル化したガソリンが融解して高熱を発するのが感じられる。その熱が行く手にあるものをすべて呑みこんでいる。人間の肉が焼けるにおいがして背筋が凍った。

ヘリのローター音がするので見上げると、オリーブグリーンの天使が2機上空に現れた。ヘリが降り立った着陸帯のそばには、息絶えたポイントマンがポンチョをかけられて横たわっている。なぶり殺しにされた海兵隊員を目にして、チャックはふたたび怒りをたぎらせた。

チャックはさっと立ちあがると、担架を押す手伝いをして負傷した海兵隊員をヘリに運んだ。そしてその後も、ポイントマンが注意深く積みこまれて故国への旅の最初の行程に出るのを見送った。

それから静寂が広がった。動物の鳴き声もしない。話し声もしない。最後に中隊長がこの地域の安全を宣言し、航空攻撃は終了した。

チャックとオルバリーが、逃げた北ヴェトナム兵がいないか双眼鏡でチェックするあいだに、歩兵は煙のあがる現場に入り生存者を探した。見つかったのは、変形した銃のバレルと、空薬《やっ》莢《きょう》、そしてくすぶっている遺体だけだった。

14 チャック最初の戦果

狙撃チームはオルバリーの戦果を確認してもらうために、中隊長を案内して地獄のような戦場を歩いた。敵兵は穴の中に倒れていた。髪は焼け焦げてなくなり、鼻梁《びりょう》と片目のあいだに銃弾の穴があいている。

3人は近くで、もうひとり倒した敵を探した。

「ちょうどここにいるはずなんだけど」チャックはたばこで示した。

「それでも、今ここにはいないな」中隊長がいう。

「落下するのをこの目で見たんです」チャックは譲らなかった。「狙撃弾が命中しているので、地面に顎がぶつかる前に死体になってました」

「大砲やら爆弾やらナパーム弾やらで灰になっちまったんだな。そうして風で地獄までふき飛ばされたのさ」中隊長はいった。

オルバリーは戦果記録シートとちびた鉛筆を取りだした。鉛筆の先を舐めると2枚に記入する。1枚が未確認戦果、1枚が中隊長のサインがある確認戦果だ。

オルバリーはきっと確認戦果の数よりはるかに多くの敵を倒しているのだろう。それでもチャックはルールを知っていた。遺体がなければならないのだ。

ポイントマンの悲劇から数日後、チャックとオルバリーは第5海兵連隊第1大隊アルファ中隊から、索敵撃滅任務の援護を要請された。ふたりは縦隊の中ほどで藪に覆われた土地をとおり抜け、大きな村に小屋が見えるくらいまで近づいた。

村からAK-47アサルトライフルの弾丸が飛んできた。雨あられと弾丸が降るなか、チャックはオルバリーを追いかけた。村のはずれで射撃陣地になる場所を探さねばならない。追い越した海兵隊員は、前進しながら散開している。オルバリーは幅180センチくらいの仏塔の後ろでしゃがみ、チャックもそのそばにすわりこんだ。銃撃が収まった。ふたりは両膝をついて、それぞれ仏塔の別の側から外を覗き、この地域をくまなく調べて敵兵の姿を探した。村に人気はないようだ。

「**クソ！** 照準を合わせるまでもなさそうだ。ヤツら、どこに行ったやら」チャックがいった。

「村の裏からこっそり抜けだしたのさ。ヤツらはそういうことをする。われわれを撃って姿をくらますんだ」

ちょうどその時、ひとりの北ヴェトナム兵が村の向こう側の大きな小屋から矢のように駆けだして、地中の掩蔽壕に潜っていった。

「今チャーリーを見ました」チャックがいった。

「どこで？」

「大きな小屋の左２７０メートルくらいの掩蔽壕に、飛びこんでいきました」

「ちくしょう、こっちは小屋を50も見てるのに」

チャックは目を凝らした。と、突然その男の頭が現れた。距離があるので点にしか見えない。

「そこ、そこにいる」

「見えないな」

「やっこさん、こっちをまっすぐ見てる。よく見て。顔がわかる」

「こっちからは見えないんだ。クソッ！　お前がそのボケナスを撃ってやれ！」

ふたりはライフルを交換した。レミントンはチャックの手に自然に馴染んだ。サンディエゴで標的を撃ちまくったころにタイムスリップしたかのようだ。

チャックは仏塔に銃身《バレル》を預けて、男の顔にレティクルを重ねた。心臓の鼓動の合間にトリガーを引く。反動もなければ銃声もなかった。男の命を絶った瞬間が見える。銃弾が額を貫き、男は口から大量の血を吐きながら後ろにふっ飛んだ。

「命中！」という自分の声をチャックは聞いた。観測手の習性だ。**殺すべからず**。けれど今しがたやってしまった。ただし人道的に。

「仕留めたと確信できるか？」

「これまで生きてきて、これほど確信をもてたことはないです」

銃撃戦にケリがついてその一帯の安全が確保されたあと、チャックはオルバリーを例の掩蔽壕まで案内した。すると暗がりの中で死んだ男が仰向けになっている。ふたりはその体を明るいところまで引きずった。銃弾は目と目のあいだを貫いていた。

チャックは死体を指差した。

「殺すべからずなのは、仲間の海兵隊員だ」

「こいつは将校だぞ」とオルバリー。

「どうしてわかるんです？」

「シャツの階級章だよ。しかも大方の北ヴェトナム兵より重い。つまりはよく食ってたってことさ。それにこんな凝った作りのピストルをもってる」オルバリーはオートマチック・ピストルを死体から引き抜いた。

「こいつは見事な火器だ。ほら、銃把《グリップ》に赤い星が刻まれてる！　この男は共産主義者だな。それでこの銃はもっていいんですよね。倒したのは自分なんで」とチャック。海兵隊員は思い出の品として敵の武器を鹵獲《ろかく》してもよいことになっている。

「ロシア製だな」オルバリーがジッポーでたばこに火をつける。そしてライターをポケットにしまいながらいった。「珍しくはない。よく見かけたからな。だが、わざわざもっていようとは思わなかった。どうだ、これをオレに譲らないか。間もなく帰国するし、お前はこれから山ほど手に入れるだろう」

オルバリーの言葉に抗《あらが》えないものを感じて、チャックはいった。

「まあ、いいですけど」

オルバリーはにんまりすると、この銃をベルトに突っこんだ。

チャックは気前のよさを後悔することになる。ヴェトナムに3度派遣されても、このような銃には二度とお目にかかれなかったのだ。

オルバリーとともにアンホアに戻ったチャックは、スナイパー小隊オフィスに直行し、自分の戦果記録シートを提出した。**あとどれだけ増えるのだろう、**と思いながら。

デスクの端に腰かけている小隊長を見つけて、そのシートを渡した。

「自分で将校を仕留めたというのか。めったにない手柄だ。何よりこれが最初の戦果ならな。証拠はあるのか？」小隊長が聞いてきた。

「死亡は確認済みです」

チャックはシートにあるアルファ中隊長のサインを指差した。

「よかろう。これは確認戦果だ。君のファイルを作ろう」

どちらもそれが海兵隊史上もっとも厚いファイルになるとは知らなかった。

いまや確認戦果をひとつあげて自信をつけたチャックは、スナイパー区画の仲間のところに戻っていった。

15 スナイパー

翌朝目を覚ましたチャックは、腕時計を取ろうと簡易ベッドの隣の弾薬箱の上に手をのばした。だが置いておいたはずの腕時計がない。飛び起きて目を凝らした。**どこにも**ない。チャックはわめいた。

「腕時計はどこだ⁉」

テントの向こうの端でオルバリーが笑い声をあげた。

「怪物ネズミについて教えておくのを忘れていたよ」

「からかってるんでしょう?」

一同が吹きだす。

オルバリーが請けあう。

「いや、それは誓ってない。ピカピカしたものを置いておくと、もっていっちまうんだ」

「嘘っぱちを並べて」

「ホントだって。足元のすのこの中に住んでいて、みんなが寝静まったりいなくなったりすると、時計を集めてまわるんだ。だけどそれを信じないとしても、ゴキブリのことは信じるだろう。ローラースケートほどの大きさがある。オオアリなんざお前さんのケツを引っぱって運べるんだ」

ひょっとするとそういうネズミはいるかもしれない、とチャックは思った。基地周辺のゴミの山にネズミが住んでいるという話は聞いたことがある。ヴェトナムのネズミは、ハツカネズミのように小さくはなくて、ネコほどの大きさがある巨大な齧歯《げっし》類だ。歯が鋭く針金も嚙み切ってしまう。アメリカ人のゴミの山はそのご馳走になっていた。つがいのネズミがひと組いれば、1年のうちに数百倍に増える。その結果大食漢の動物が恐ろしいほどの数になっていた。時々ゴミの山に土をかぶせるブルドーザーが、敵の破壊工作員の死体をうっかり埋めてしまうことがあった。モンスーンの雨がそうした山を浸食すると、たまに腕や足が突きだす。監視塔からスポットライトを向けると、ネズミが腐った人間の肉を味わいたくて、互いに歯で威嚇したり嚙みついたりするのが見えた。

チャックは夜間監視中に、そんな光景を絶対に目にしたくないと思った。

また貴重品の窃盗犯については、チャックはそれからずっと後にどうなったかを聞いた。スナイパー用テントをとり壊す段になったとき、怪物ネズミは貴重品の隠し場所を諦めて走りだした。スナイパーたちは、シャベルや板切れを振りまわして追いかけた。が、ネズミが屋外便所に逃げ切り、チャックの時計は行方不明のままになった。

チャックは、数日中にオルバリーが帰国するのを知っていたので、この稼業のコツをもっと教えてくれるようせがんだ。そこでオルバリーは、基地に近い安全な場所で戦争によって粉砕された仏塔に囲まれながら、チャックの距離読みの練習を手伝った。オルバリーが陶器のかけらを指し示し、チャックが自分の立っているところからそこまでどれくらい離れているか目測する。その後チャックが歩測して、見積もった距離とどの程度差があるのか確かめるのだ。目測はたいてい正解にかなり近かった。

次にふたりは、崩壊した仏塔の周囲にある陶器のかけらで射撃練習をした。かけらは衝撃で粉々になった。チャックは一度も外さなかった。

「お前には天賦の才能がある」とオルバリーは評した。

オルバリーが帰国した直後に、チャックはスナイパー小隊オフィスに呼ばれた。

「チャック」小隊付下士官がいった。「君が観測手だった期間はかなり短いが、戦場での功績とオルバリーの推薦のために、君を狙撃チームのリーダーにすることに決定した」

「ありがとうございます！」

チャックは正しい判断がくだされたことを疑わなかった。

「通常ならオルバリーの銃を引き継ぐはずだが、バレルの交換と修繕のために武器係にまわされている」

チャックに渡されたのは、新品のレミントンM７００ボルトアクション・ライフルだった。

チャックは驚き有頂天になった。祖父に新品のレッド・ライダーＢＢガンをもらった日と同じくらいに。

◉

チャックの最初の観測手、ウェインはチャックと初顔合わせというだけでなく、ヴェトナムへの派遣も初めてだった。この運のいいヤツはスナイパー・スクールからまっすぐやって来たのだ。実戦の洗礼を受けていない。チャックは警戒した。この観測手は戦闘になったらどう反応するのだろう？　第5海兵連隊第1大隊デルタ中隊にいきなり1か月派遣されたのだからなおさらだ。その基地は「アリゾナ準州」と呼ばれる暗黒地帯の中にある。

狙撃チームのリーダーになりたてのチャックは、待ちかまえている狙撃任務がなんであれ、デルタ中隊がサポートしてくれることを望んでいた。歩兵であるというのはどういうことかわかっていた。海兵隊では1個中隊が兄弟同然になる。信頼しあうから、新入り《ファッキン・ニューガイ》には疑いの目を向け、本人がクソったれでないと証明しないと追い払う。チャックは中隊長と歩兵の信頼を得たいと思った。そのため、自分の狙撃チームをできるだけ早く中隊の重要で高く評価される存在にすることを目指した。

オルバリーが前にやってみせたように、デルタ中隊に到着してすぐ中隊長を探し、自分とウェインを紹介し、中隊長のために何か役に立てることはないかと尋ねた。

「夜間の破壊工作に悩まされている。敵が近くまで這ってきて手製の爆弾を防衛境界線に投げこむのだ。これまで被害に遭った者はいないが、みんな寝不足になっている。ヤツらをここから排除してくれるとよいのだが」中隊長がいった。

「防衛境界線に暗視スコープを設置しましょう。中隊のためにそのひとりでも撃てるかどうかやってみます」チャックは答えた。

チャックとウェインはポンチョをテントにして装備をしまうと、防衛境界線を歩き、中隊員全員にそれぞれのポイントで挨拶した。歩兵はスナイパーが来たというので喜んだ。そしてチャックに、防衛境界線のどちら側から破壊工作が試みられているのかを教えた。チャックとウェインがその一帯を注意深く調べると、地べたに小さな靴跡と、だれかが物を引きずったかのように草がなぎ倒された跡がある。梱包爆弾ではないか、とチャックは思った。その痕跡はあちこちにあったので、破壊工作員が次にどこから攻撃してくるか正確に予測するのは難しかった。

チャックは、防衛境界線から50メートルほど外の小高い丘に空き地を見つけた。ここからなら、アメリカ人の動きを察知しやすい。それからこの目標地域にできるだけ近い防衛境界線の縁に、夜間陣地を設営した。

チャックにとって、敵戦闘員を片づけるために見張りに立ち待ち受けるのは、これが実質的に最初の夜になる。

チャックはウェインに、M14アサルトライフルにスターライトスコープを装着する方法を教えた。雲のない夜だったので、スコープの見え具合はよかった。

チャックが最初に見張りの番についた。スコープを覗くと、目星をつけておいた丘の空き地が明るい緑に見える。そこを破壊工作員が通過するのを待った。15分ほど目を凝らしたあと、目の錯覚が起こる前にウェインと交替した。

チャックは目を休めているあいだも、夜の気配を感じとろうとした。キノボリトカゲがおしゃべりをし、カエルが歌い、蚊が羽音をたて、ホタルが草木のあいだで明滅し、遠くの村から焼けたタケのにおいが絶え間なく漂ってくる。こうしたものに突然異変があれば警告になる。それを待っていたのだ。

チャックとウェインは何度も監視を交替した。夜は永遠に続くかのように思われた。

夜半過ぎにチャックがスコープを覗いていると、夜の物音が突然やんだ。丘にちらっと動くものが見えた。安全装置を解除する。と、藪のそばの地面近くに緑色の顔が現れた。チャックが引き金を絞る。破壊工作員の顔が消えた。着弾の衝撃で、くるりと向きを変えたのだ。それでもチャックには、依然として足と胴体が見えていた。ぴくりともしない。

「命中！」といったのはチャックだった。ウェインには暗闇の破壊工作員が見えないからだ。

チャックは破壊工作員がもうひとりいるのではないかと空き地を注意深く見守った。数分間は何もなかった。顔が見えた。ふたたび発砲する。弾丸は男の顔にめりこみ、その体をもうひとりの遺体の上にふき飛ばした。

「命中！」

それから数分間待っていると、夜の物音が復活した。ショーは終わったのだ。

中隊長と三等軍曹が調査のためにやってきた。中隊長がチャックに尋ねた。

「ここで2発撃った成果は何か、見せてくれるかね」

チャックは暗闇を指した。

「死体がふたつあります。50メートルほど向こうの空き地に転がってますよ」

「おいおい、そいつはすごいな。朝になったら見てみよう。それではひと寝することにするか。日が昇ったら会おう」

チャックとウェインはふたりの破壊工作員の遺体がある場所を、交替しながら監視しつづけた。相棒の観測手が冷静に対処しているのでチャックは満足だったが、弾丸が飛び交うなかでの反応についてはまだ不安視していた。そしてスナイパーとしての初仕事の結果を、白日の下で見たいと切望した。

夜は延々と続いた。

夜が明けた。どちらの死体も黒いパジャマのような上下を着ていた。ヴェトコンの服だ。一方の上に大の字になっているひとりは、ＡＫ-47を握りしめ、鼻梁に弾丸を受けて息絶えている。もうひとりは梱包爆弾をつかんで右目を射抜かれていた。

16 苦い教訓

第5海兵連隊第1大隊デルタ中隊での初日の夜に、破壊工作員をふたり始末したことで、チャックは望んでいたように、歩兵とデルタ中隊長から敬意を寄せられるようになった。それ以来、中隊から中隊へと派遣されるようになり、その間もずっと新しい観測手たちの訓練をしながら、歩兵から敬意と称賛を得るために奮闘するのをやめようとしなかった。

ヴェトナム国内の中隊を支援する際、チャックは歩兵の仕事をするとは期待されていなかった。スナイパーの中には、自分の手を煩《わずら》わせるには取るに足らない仕事だと考える者もいた。チャックは決してそうは思わず、目に留まるような形で中隊の中で地位を得ていた。補給品がヘリで空輸されると、新しい装備の運搬や分配を手伝う。夜間の防衛境界線の監視や、小隊規模の夜間の伏撃、パトロールに自発的に参加して、歩兵の負担を軽減したりもした。

小隊規模のパトロールでは、歩兵に物音をたてずに目立たない振る舞いをさせようとして、かなり苦労した。連中はひっきりなしにたばこの一服や小用をしたがっているように思えた。だがありがたいことに、歩兵がチャックと相棒の観測手の身を守ってくれたことも何度かあるのだ。

その一方でチャックは、北ヴェトナム兵とヴェトコンの習性を学んでいた。遭遇時にどう反応するかは予測できた。こうした予測を中隊長に伝えると、どの中隊長も彼に敬意を払っていたので耳を傾ける。チャックはパトロールの計画策定に協力した。中隊でパトロールのルートや時機を考慮するときには、チャックも意見を述べ、パトロールの結果について推測した。

チャックと観測手はそれを踏まえ最長で1キロの遠出をして、直近または今後のパトロールのために適切な隠れ場所や、草木が茂って敵を監視できる場所を探しだす。よい場所が見つかると、地形図を使ってそこから中隊までの復路を割りだし、なんらかの原因でバラバラになったときにそなえて集合場所の座標を定めた。19世紀のジェームズ＝ヤンガー・ギャング団が銀行強盗を計画するようなものだ。

中隊に戻ると、チャックは中隊長と小隊長に会い、中隊長の地図で次に隠れる場所を示す。チャックと観測手が交差射撃で立ち往生しないよう、その領域への味方の立ち入りを確実に制限するためだ。それからふたりは、防衛境界線を守る歩兵が狙撃チームの現れそうな時間がわかるように、出発と帰還の時間を確定する。

だがどんなに周到に計画しても、気候や地形、敵の活動の影響で、敵地に出るたびに決まってシナリオどおりにいかないのだ。

アリゾナでこのような活動をしていたとき、チャックとウェインは隠れ場所から人目を避けながら帰還しつつあった。すると通りかかった村で、十数人のヴェトコンが村人の隠れていた掩蔽壕をこじ開けているのが見えた。ヴェトコンはその後、村人の腕から米袋をひったくっていた。数で圧倒されていたので、チャックはふたりだけで相手にするのは自殺行為だと思った。防衛境界線に戻ると、目撃したことを報告した。

「敵の人数は？」中隊長が聞いた。

「断言はできませんが、10人ちょっとかと」チャックは答えた。

「もしわれわれが村に入ったら、ヤツらはただわれわれを撃つだけ撃って、裏から逃げてしまうだろう。君はそこに行って、その目で見ているんだ。われわれはどうすればよいと思う？」中隊長が意見を求めてきた。

「そうですね、今夜日没の直前に自分とウェインは、村の裏手が見えて人目を避けられる場所に射撃陣地を設営します。明日の夜明けに中隊を送ってください。弾丸が飛びはじめて尻尾を巻いて逃げだしたヴェトコンを、自分とウェインが待ち受けるっていう寸法です」

「それで行こう！」

チャックが隠れ場所の座標を示し、中隊長はその情報を中隊に伝達した。

日が沈む直前に、チャックとウェインはどんよりした空の下で、隠れ場所の陣地を設営した。村から200メートル足らずの場所だ。そこからなら、海兵隊員が村に入るであろう通路も、裏手からヴェトコンが逃げだしそうな道も見わたせる。村には料理の火も話し声も、楽しげな音もなかった。そのためチャックは、ヴェトコンがまだいると踏んだ。

雲が多い日の夜は、とりわけ闇が深くなる。楽な姿勢をとるために、ふたりは小さな木に背中を預けて前方に足を投げだしていた。たとえ何も見えなくても、ウェインと交替で監視したり寝たりしながら、平和な夜になるだろうとチャックは思っていた。

その夜チャックが暗闇を凝視していると、何かが脚にぶつかるのを感じた。**ウヘッ！　こいつはなんだ!?**　漆黒の闇で姿は見えない。だが何にせよ、それは生きていて片膝の真上を動いていた。巨大なホースのように、重くひんやりして円筒形をしている。飛びあがってわめきながら、隠れ場所から出ていくわけにはいかなかった。村人とヴェトコンをひとり残らず起こしてしまう。

ヴェトナムでヘビを怖がるのは弱虫でもなんでもない。基礎訓練の教官は徴集兵に、ヴェトナムでヘビに嚙まれて注射を打たなければ、苦しみながら死ぬことになるだろうと警告していた。ヴェトナムには140種類以上のヘビがおり、その多くが毒をもっている。「ツーステップ」というヘビもいた。嚙まれて2歩歩くとバタンと倒れて死ぬというのが名前の由来だ。

そういう恐ろしい考えが頭をよぎっているあいだに、生き物はずるずると両脚を乗りこえて、眠っているウェインのほうに向かっていった。

チャックはウェインをそっと押した。

「もう監視の順番?」ウェインがささやいた。

「へビがオレの脚の上を這っている」チャックは食いしばった歯のあいだから呟いた。

「ホントに?」

「おおよ、まちがいない。しかもお前のほうに向かっている」

「クソッたれめ。自分の上に来た。でかいな」

「だろ?　そんでもって長い。こっちにもまだ乗ってるぜ」

チャックはそれが自分から滑り降りるのを感じた。

その直後にウェインがかすれ声でいった。

「いなくなった」

夜明けの光でへビの記憶は消し飛んだ。チャックにはフライにするもっと大きな魚がいる。双眼鏡を小道の先の村の入口に向けた。海兵隊員はここから村に入るだろうから、早朝のまだ暗い中でも動きがあればわかるはずだ。中隊のポイントマンが入口に現れた。10メートル後方のもうひとりの海兵隊員と一緒に匍匐前進している。よし、とチャックは思った。物事は自分と中隊長が計画したとおりに進んでいる。

ウェインが村に入る歩兵を見ているかたわらで、チャックはヴェトコンの逃走ルートにスコープを向けた。

銃撃戦が勃発した。チャックとウェインの居場所からすると村の反対側だ。チャックは、縦隊の先頭の兵士がヴェトコンと撃ちあっているのだろうと思った。逃走ルートに照準を定め、安全装置を外す。

不意にチャックとウェインの周囲に、大量の弾丸が突きささりはじめた。ふたりは地面に這いつくばる。隠れ場所に折れた大小の木の枝がバラバラと降ってきた。チャックは両膝をついて弾丸の出所を確かめた。ひとりの海兵隊員が村の入口に立ち、M60汎用マシンガンを腕に抱えて、隠れ場所周辺を掃射している。

「あいつはオレたちのために何を撃ってるんだ？」

目を大きく見開いているウェインを見ながら、チャックはうなじの毛が逆立つのを感じた。ふり返って真後ろを見る。ヴェトコンたちが、M60の弾丸をかいくぐり、自分らに向かってジグザグに接近していた。腰だめにAK－47を発砲している。

「こっちだ！」

チャックが走りだすとウェインもそのあとに続き、200メートル弱先の遮蔽になる小屋に向かう。その間、M60はヴェトコンを寄せつけなかった。

その日マシンガン射手はふたりの命を救った。ツイていたことに、彼はヴェトコンがスナイパーたちの隠れ場所の背後から忍び寄るのを目撃していた。事前計画が正しかった証明だ。これで貴重な教訓をウェインは得て、チャックは再認識することになった。目の前のものに集中しすぎると、背後で起こりえることに気がまわらなくなる、という教訓を。

◉

涼しくて天気のよい日だった。涼しいといってもヴェトナムにしては、だが。チャックはヘリコプターが防衛境界線に接近するのを見た。何を運んできたのだろう？　好奇心をそそられた。手紙、たばこ、それとも真水、弾薬？

ヘリは着陸帯に降り立った。ふたりの海兵隊員が飛び降りた。どちらもヘルメットをかぶっておらず、ひとりがM14アサルトライフル、もうひとりがレミントン・スナイパーライフルをもっている。**狙撃チームだ！**

スナイパーどうしの仲間意識は強い。1個中隊に1組以上の狙撃チームが派遣されることはよくあるが、チャックがアンホア以外で狙撃チームを見ることはめったにない。しかもアンホアに顔を出すのは月に1度だけだった。

チャックはウェインを呼び、とりあえずふたりでその狙撃チームに挨拶に行った。自己紹介が済むと、チャックとウェインはテントを張れる場所を教えた。観測手たちがテントを立てるのに忙しくしているので、チャックとルイには親交を深める時間ができた。

「ここではどんな感じでやってる？」ルイが質問した。

「ずっと休む暇なしさ」チャックは500メートルほど離れた眼下の丘に、円形に建てられた小屋群を指差した。「昨日もあの村で銃撃戦があった」

「君も参加したのか？」

「いいや、オレとウェインは、的外れな場所で小道を監視していたので、一切合切を逃しちまった。だけど今は安全だよ。中隊長によると、ヴェトコンは死んだかいなくなったかのどちらかだそうだ」

「じゃあ見に行こうぜ。土産物が残っているかもしれない。銃とかがな」

そこでチャックとルイはスナイパーライフルを吊り索《スリング》で吊るし、物見遊山で村まで降りていった。会話を交わすふたりの首筋に、ひんやりとして緊張を緩める微風が当たる。木立を通りすぎ、村に近づくあいだも、別に変わった様子は見受けられなかった。子供が遊び、女が料理や洗濯をしている。村は落ち着いていた。戦争は1日休みをとったかのようだ。

ところが村に足を一歩踏みいれると、しんと静まりかえった。村人はふたりを見ようとせず、突然いなくなった。幽霊のように消えたのだ。チャックとルイはライフルを構えると、背中合わせになって周囲を精査した。いつ自動小銃《オートマチックライフル》の銃弾が飛んできてもおかしくない。チャックは、長いボルトアクション・ライフル［遠距離狙撃には適しているが、連射機能はない］では勝ち目がないのを知っていたので、

「潮時だ。退散しよう」と声をかけた。

ルイに異論はない。ふたりは踵を返すと走りだした。ＡＫ－47アサルトライフルの弾丸が足元の赤土に突きささる。チャックとルイは、ヴェトコンに追われながら木立を走りぬけ、防衛境界線に向かってダッシュした。あと２００メートル足らず。すると、観測手たちと歩兵分隊が出迎えている。援軍が撃ち返し、装甲車両が救出に向かってくるのを見ると、ヴェトコンは興味を失って灌木の中に姿を消した。

チャックはもうひとつの教訓を思いだした。相棒の観測手とその武器であるＭ14ライフルを、絶対に何があっても置いていってはならないことを。

◉

ある晩、チャックとウェインは中隊への帰路についていた。丘をはさみ防衛境界線から７００メートルほどのところで、頭上からヘリのローター音が聞こえてきたが、チャックは無視した。ヘリは必ず味方だからだ。

空き地を抜けて、腐りかけた砂嚢《さのう》に覆われた古い掩蔽壕のそばを通りすぎたとき、チャックはそれを目にした。「ヒューイ」攻撃《ガンシップ》ヘリ。味方のものと知っていたので、依然として気にかけなかった。ヒューイが急降下して減速する。そしてくるりと振りかえると、機首をぴたりとふたりに向けた。チャックはその底面にロケット弾が収まり、M60汎用マシンガンが自分たちに向けられているのを見た。

「やばい、面倒なことになったぞ！」

ふたりは駆けだすと、掩蔽壕の屋根にあいている穴に飛びこんだ。ガンシップがロケット弾を放ち、掩蔽壕を揺るがすほど近くで爆発が起こる。次いでM60が火を噴いた。掩蔽壕の屋根が穴だらけになり、弾丸が砂嚢にめりこむ。掩蔽壕の中は耳をつんざくような音と、バラバラと落ちる砂、燃える火薬のにおいで地獄の釜の蓋が開いたようだ。チャックとウェインは砂嚢で固めた壁に顔を押しつけるようにして張りついた。屋根が崩壊しはじめ、波のように押し寄せる砂のために溺れそうになる。

「あんにゃろ、撃ち落としてやる！」チャックは吠えたが、狙いを定める前に、ヘリは射撃を止めて飛んでいった。

チャックも観測手も無傷だった。ふたりは怒り心頭に発しながら、耳鳴りが治まらずポケットに砂がぎっしり詰まった状態で部隊に戻った。そこで知らされたのは、中隊の航空支援調整官がふたりを救ってくれたことだった。チャックとウェインがその領域にいるのを知って、ヒューイに攻撃中止命令を出したのだ。

もうひとつ、味方からはつねに隠れろ、という教訓を学んだ。

アリゾナ準州でのある夜、チャックは第5海兵連隊第1大隊デルタ中隊の中隊長とともにある村を監視する計画を立てた。中隊はその村を翌日に索敵する予定だった。それ以前の多くの機会と同様、チャックと観測手は夜明け前に出発し、村を監視できるところに隠れ場所を設営する。中隊から900メートルほど離れたところだ。ふたりは日没後に帰還する予定だった。

夜明け前、チャックと新しい観測手のビルは、隠れ場所で警戒しながらじっと横たわっていた。東の空が明るくなった。世界が覚醒して、チャックの戦いの猛烈な1日が始まろうとしている。昼行性の動物が目覚めてざわめきはじめ、フクロウやカエルといった夜行性の動物の声はしなくなった。ひんやりした土に潜っていったのだ。チャックは蚊に血を吸われながら、暗闇から姿を現した村を監視した。

だがその後、動物の鳴き声がパタッとやんだ。人間のたてる音は村から聞こえてくる。とはいえ日常の音ではない。代わりに聞こえてきたのは、金属がぶつかる音、くぐもった声、足を引きずる音だ。まるで兵士が起床しつつあるかのようだ。何百人もの北ヴェトナム兵が立ちあがっている。チャックの背筋に悪寒が走った。

「ヤツらをやっつけはしないよね」ビルがふり向いてささやいた。

「狂気の沙汰だろうな。数が多すぎる」

黒シャツのボタンに日光が反射した。北ヴェトナム軍が出発前に隊列を組んでいる。

「中隊長に知らせなければ。それも**今すぐ**にだ」チャックは小声でいった。

チャックとビルは隠れ場所の後ろからそっと出ると、北ヴェトナム兵の視界からはずれるまでネピアグラスのあいだを這って進んだ。その後は白日の下、遮るもののないところを駆け抜け、一番の近道を選んだ。暗いなか往路で使ったのと同じルートだ。身を隠す努力をまったくしなかったが、隠蔽しなくても速さが補ってくれることを願った。障害物競走のように岩や藪を飛びこえる。あと500メートルほどのところに爆発でできたクレーターがあったが、これは飛びこえるには大きすぎたので迂回《うかい》した。と、AK-47弾の嵐の中に突っこんだ。弾丸は木立から放たれている。待ち伏せだ！　ふたりは後ろを向くとクレーターに飛びこんだ。頭上で弾丸がうなりをたてる。チャックはもうダメだと思った。反撃しようと立ちあがるたびに、クレーターに弾丸がバラ撒かれる。隣でしゃがみこんだビルは、目に見えない標的に向かって、M14をフルオート連射していた。チャックは自分とビルは絶体絶命だと観念した。クレーターから生きて出ることはありえないだろう。

と、AK-47の背後から海兵隊の鬨《とき》の声とM16の咆哮《ほうこう》が聞こえた。どんな音楽より心地よい響きだ。

クレーターへの銃撃がピタッとやんだ。チャックが立ちあがって見ると、デルタ中隊の分隊が木立に弾丸を放っている。救出に来てくれたのだ。それが海兵隊だった。**やられたらやり返せ**。

その周辺の安全が確保されると早速、抱擁とともに心からの感謝を述べた。

チャックは、中隊長にあわてて警告しようとしたせいで、自分とビルが命を失いそうになったのがわかっていた。この惨事になりかけた事件から、訓練が思いだされた。何があっても中隊を出たときと同じルートで戻らない、という訓練だ。どんなに速く走ったとしても、弾丸にはかなわない。

17 シュガー・ベア

「おい、ベア。食堂までオレとどっちが速いか競走しないか?」

チャックは相棒の観測手に、アンホアのスナイパー用テントから勝負を挑んだ。シュガー・ベア［「愛しい人」の意がある］はニュージャージー州出身の黒人の大男だ。チャックより40キロ以上重いので、彼は楽勝できると踏んでいた。

「うんまあ」とシュガー・ベアが返事した。

「やろうぜ。オレが勝ったらお前がオレのクソを燃やすんだ」チャックが焚きつける。

「本当にそんなことをしたいんか、モー」シュガー・ベアがいう。「モー」には「ゲス野郎」をふくめていろんな意味があるが、この相棒がそう呼ぶ理由をチャックは知りたいとも思わない。

「おおよ! 1、2、3、**行くぞ!**」チャックが大声をあげた。

赤い土埃《つちぼこり》をあげて疾走するシュガー・ベアに、チャックは置き去りにされた。

チャックは自分が負けたのが信じられなかった。シュガー・ベアは怠慢にも、NFLのフィラデルフィア・イーグルスにドラフト指名されていたことをいわなかったのだ。活躍の機会は戦争によって奪われていた。チャックは自分の排泄物にくわえてシュガー・ベアの分もガソリンで燃やす約束を守らざるをえなかった。

チャックがはじめてモンスーンの季節を経験したのは、シュガー・ベアと組んでいたときだ。赤土は泥と化した。チャックの足は、腐りかけたブーツの中の黴菌《ばいきん》のために炎症を起こした。

ふたりはどしゃぶりの雨のなか、中隊とともに活動していた。その防衛境界線の内側でポンチョをテントとして設営したが、辺りはべたつく泥ばかりで、赤い粘土から必ず低いところに水が流れこんでくる。そうバカではないチャックは、夜ポンチョを張るために高所を探した。ようやく見つけたのは、古い塚だった。指差しながらチャックはいった。

「おいベア。そこにテントを立てようぜ」

シュガー・ベアは目を輝かせて同意した。

ある歩兵が警告した。

「自分だったらそれはやらないな」

「何をやらないって?」とチャック。

「テントをそこに立てることだよ」

「なんでだ? こんなにいい場所はほかにないぞ。高くて濡れていない」

チャックとシュガー・ベアが塚の上にテントを立てると、ほかの海兵隊員がくすくす笑った。

自分たちがいちばんいい場所を取ったので、みんな面白くないだけなのだ、とチャックは思った。

夜明けにチャックがふと目を覚ますと、ネズミが自分の目をじっと見つめている。ぎょっとして起きあがった。恐ろしいことに、ヘビもサソリもムカデも、彼の濡れていない体で暖を取っている。そういうものがそこら中にいたし、シュガー・ベアの体の上にもいた。相棒は激しい雨にもかかわらず、まだぐっすり眠っている。

チャックは相棒を肘でつついた。

「はあ?」

「下を見ちゃいけない。ただテントからそっと出るんだ」

「どうして?」

シュガー・ベアが垂直に跳びあがったので、ポンチョがまとわりついてすぼめた傘のようになり、それを体から引き剝がしたために、すわっていたチャックは雨に濡れるはめになった。ベアはヘビを投げ、ムカデを潰したが、自分でいなくなったネズミは見逃してやった。ゲラゲラ笑う声がする。チャックが見ると中隊全体がふたりをとり囲んでいた。濡れて凍えているのに、大喜びで身を乗りだしている。

ばかばかしくなったチャックとシュガー・ベアがたまらず吹きだすと、全員が腹を抱えて笑った。

◉

モンスーン期の直後に、チャックとシュガー・ベアは「ハノイ島」の海兵中隊のために狙撃任務に就いていた。中隊が一日中かかって小道を進んだあと、ようやく夜が訪れた。中隊は進軍をやめ、小道から見えない場所に防衛境界線を設けた。チャックとシュガー・ベアが夜営のためにテントを設置しようとしていたときだ。チャックが近くの草木に違和感を覚えるものを見た。草と背の低い灌木が倒れている。

地雷を疑い、確かめるために少しずつ近づいた。すると、地面から5センチほどの高さに張られている仕掛け線を発見した。シュガー・ベアが背をかがめて杭《くい》を打ちこんでいる場所から、20センチと離れていない。

「ベア、動くな！」

シュガー・ベアはぴたりと静止した。

「地雷だ」

チャックは後ろに下がると、背嚢からトイレットペーパーを引っぱりだして、地雷の目印にした。トイレットペーパーの切れ端を慎重に仕掛け線に引っかける。

チャックは後ずさりすると、中隊のほうを向き大声で工兵を呼んだ。だがちょうどその時、ひとりの海兵隊員が小道を突っ走ってきた。

「止まれ！」チャックは叫んだが間に合わない。海兵隊員が仕掛け線に引っかか*って爆弾を作動させ、すさまじい爆発で両足をふき飛ばされた。シュガー・ベアが背中に爆風を受け、テントにうつ伏せに叩きつけられる。

「衛生兵！」チャックは大声で呼ぶと、シュガー・ベアのそばに跪《ひざまず》いた。相棒は苦痛の叫びをあげていた。シャツはふき飛ばされ、背中がズタズタになり、血がにじみ出ている。後ろの腰から首にかけて、地雷の灼熱の金属破片が突きささっていた。

「しっかりしろ、ベア！　助けが来るぞ！」

　チャックは体の一部をふき飛ばされた海兵隊員のほうに目をやった。幸いなことに意識はない。

　即座に衛生兵が飛んで来て、意識を失った海兵隊員をちらっと見ると、シュガー・ベアのそばに膝をついて傷に包帯を巻きはじめた。中隊長と別の衛生兵も駆け寄ってきた。その衛生兵がもうひとりの海兵隊員の手当をするあいだに、中隊長が無線でヘリでの医療後送《メディバック》を要請する。

　チャックはシャツの前から血が流れているのに気がついた。苦労してシャツを脱ぐと、驚いたことに地雷の破片がシャツを貫通して、胃の辺りの皮膚に刺さっている。傷は浅かったので、破片をそっと引き抜いてヘリを待った。地雷から1メートルほど離れていたおかげで、命が助かった。言葉にならないほどありがたいと思う。だが、シュガー・ベアと別のひとりが血を流しているのを見て、ヘリの到着が間に合わないかもしれないと気が気でなかった。

ローター音が近づいてきて、ヘリが臨時着陸帯に降着した。歩兵がふたり、小道をこちらに走ってくる。意識不明の海兵隊員のために担架を運んできたのだ。チャックはシュガー・ベアを抱えあげて、ヘリ《バード》まで運び、機上で待ち受けているクルーの腕に渡した。意識不明の海兵隊員が積みこまれ、ヘリは離陸した。ふたりともダナンの軍病院に搬送された。

チャックはシュガー・ベアのことを心配していたが、数か月後にアンホアで会えた。うれしい再会だった。

18 暗闇の死闘

チャックと新しい観測手のビルは、第5海兵連隊第2大隊ホテル中隊とともに行動していた。その拠点となっていたのは危険な敵地の真っ只中、ハノイ島の小村付近だ。チャックは中隊に協力しようと、夜間監視を申しでていた。安全のために各個掩体はビルとともに深く掘っておいた。まだモンスーン期で、雨ばかりで霧の出た夜だった。その各個掩体も土壌から水が滲《にじ》みだし、雨が絶え間なく叩きつけるせいで、冷たい水で一杯になった。視界はほとんどゼロ。暗視スコープは役に立たない。

それに追い打ちをかけるように、夜が更けてから防衛境界線の内側に敵の迫撃砲が撃ちこまれた。暗闇で何も見えない状態だ。恐怖以外の何ものでもない。くわえて村の方角からAK–47アサルトライフルの猛攻があり、チャックの頭上を弾丸が低い口笛のような音をたてて飛んでいった。海兵隊は照明弾を打ちあげたが、チャックの位置から開けた視界は、村に向かってわずか十センチ程度にすぎない。すると敵が前進してきた。銃口炎《マズルフラッシュ》がひらめき、海兵隊員の怒鳴り声が聞こえる。

「チャーリーが防衛境界線を突破したぞ！」

こうした場合の第1のルール。立ちあがるな。立っている者は敵とみなされる。

頭上をアンホアの大砲が音をたてて通過し、境界線のすぐ外に着弾する。中隊をとり囲んだ敵の小銃弾が炸裂するなか、照明弾が上がり中隊の上の霧を明るく照らした。各個掩体にしゃがんだチャックは、45口径ピストルを取りだし、近接戦にそなえてわずかな動きも見逃すまいと目を凝らす。

突然、敵兵が各個掩体の中に降りてきて、チャックの背後で叫び声をあげながら背中を刺そうとした。泥の壁に顔を押しつけられる。チャックは体をひねって45口径をぶっ放し弾をありったけ吐きだした。叫び声と襲ってくる勢いは弱まったが、完全には止まらない。チャックは必死になってもう1個の弾倉《クリップ》をピストルに装塡し、ふたたび発砲しようとした。照明弾が真上に打ちあげられ、穴だらけになった姿が見えた。水の中に倒れ、死に際にビクビクと足を引きつらせている。

それは巨大なポットベリー・ピッグだった。

どうやらこのブタは、攻撃中に村の畜舎を脱走して自由に走りまわっていたが、チャックのいる穴に思いがけず落ちて、驚いてキーキー声をあげ蹴ってきたらしい。

チャックはアザや切り傷も痛かったが、ホテル中隊のからかいにも悩まされた。

以来、チャックと海兵隊の仲間は、この戦いを「ポークチョップの穴」と呼んでいた。

19　飛んだ男

チャックは樹木の茂った小道を歩いていた。定期的な索敵撃滅任務の最中で海兵隊員の縦隊の中ほどにいる。その時前方が騒がしくなったので、急いで前に行くと中隊長とほかの海兵隊員が地下の掩蔽壕の入口をとり囲んでいた。

ポイントマンが中隊長に報告していた。

「中隊長、自分が驚かせたのです。ヤツらは目の前で小道を跳び越えると、一目散にこの掩蔽壕に入っていきました」

「ということは、まだそこにいると思うんだな？」

「まちがいありません、中隊長。こっそり別の出口から出ていれば別ですが。いぶり出して弾丸をおみまいしますか？」

「いや、いぶり出して生け捕りにして、しゃべらせることにしよう」

チャックはそれでよいと思った。敵にかんする情報は乏《とぼ》しく貴重だ。チャックが間近に敵を見たとしたらすでに始末しているので、敵は望んでいたとしてもしゃべれない。チャックは万が一銃撃戦になったときにそなえて、45口径ピストルを引き抜いた。

ポイントマンは発煙手榴弾のピンを抜くと、入口に放りこんだ。手榴弾が掩蔽壕の床にカンカンとぶつかる音が聞こえ、次いでくぐもった爆発音がする。刺激臭のある煙が入口から噴出した。敵は咳こみゴホゴホいいながら、入口から転がりでてきて、跪き両手を高くあげた。ひとりの海兵隊員が全員を後ろ手に縛り、白い布切れで目隠しする。捕虜は何もいわずに怯えていた。射殺されるのだと確信して。

ガリガリでろくに食えていないように見える3人は、汚れたカーキ色のシャツと半ズボン、手作りのサンダルといった格好でしゃがんでいた。ともすれば哀れをもよおすような風体だ。だがチャックは惑わされなかった。ヤツらが自分を憎んでいるのは知っていた。自分がヤツらを憎んでいるのと同様に。チャックもほかの海兵隊員も、立場が逆なら、このチビどもに皆殺しにされるのはわかりきっている。そしてその際は情け容赦ないことも。チャックは長銃をもつ自分が、腕によりをかけて殺されることを承知していた。体を切り刻まれ切断されて、おぞましい死を迎えるさまを見物されるのだ。

村人と意思の疎通をはかるために、海兵隊は南ヴェトナム軍の通訳を帯同していた。通訳が捕虜に質問を試みた。捕虜は押し黙ったままだ。通訳は蹴ったり押したりしながら、ののしりと脅《おど》しの言葉を並べたてた。それでも口を割ろうとする者はいない。通訳はいらつき口から泡を飛ばしながら、捕虜を棒でさんざん打ちすえたが、ついに疲れ果てて地面に腰を落とした。

チャックは、通訳が同国人をよくもそう憎めるものだと感心したが、自分はそこまで残酷になる必要がなくてよかったと思った。**オレの仕事は、1発で仕留めることだ。もっと人道的だ。**

「専門家に任せよう」中隊長がいい、捕虜をダナンに後送するヘリを要請した。

捕虜をヘリに乗せ終わってローターの回転数が上がりはじめ、降着装置《スキッド》が地面から離れた。と、通訳が突然駆け寄ってヘリに飛び乗った。

チャックら海兵隊員は、めったにない休息のひとときに、ヘリが真上に上昇してどんどん小さくなるのを眺めていた。ヘリはダナンの方角に向きを変えた。するとひとりの男が、恐怖の叫びをあげながらドアから後ろざまに飛びだしてきた。

「あのとんでもねえ通訳が、チビ野郎を放りだしやがった」

チャックは聞く者聞く者に説明した。

「しゃべろうとしなかったんで、ひとりを放りだしたのさ。あとのふたりはきっと今ごろ、ベラベラ白状しているだろうな」

男が一回転すると、目隠しの白い布切れがふき飛んだ。階段をのぼっているかのように足を激しくまわす。男は地面に向かって螺旋《らせん》状に旋回して、赤土の地面に衝突した。チャックの耳にも、グシャッと潰れる音や男の肺から空気が噴きだす音が聞こえる。落下した場所はそれほど近かった。

勘弁してくれ、とチャックは思った。白い布切れがひらひら舞って、死体のそばに落ちた。

チャックはライフルを吊り索《スリング》にかけると、真横に落ちた死体に近づいた。これまで見てきた多くの死体は、弾丸を撃ちこまれてほとんどが血まみれになっていた。だがこの男の死体は、傷口が開いているわけでもなく流血もない。損傷した内臓は、袋の中のジャガイモのように、飛びださずに体内に収まっている。充血した目はまだ迫り来る地面を見つめていた。

「パーティーはお開きだ。野郎ども、移動するぞ」中隊長がいった。

海兵隊員はチャックと死体のそばを、さながら死体保管所で遺体確認をするかのように通りすぎていった。縦隊最後尾の海兵隊員がそばまでやって来て足を止め、死体におごそかな眼差しを送った。自分が死んだらどんなふうになるのだろう、と考えているかのように。そして縦隊のあとをついて、次の地獄へと向かっていった。

20　ブタが飛ぶとき

　ある朝空が白んでからすぐ、チャックと観測手のビルは隠れ場所に潜んでいた。そこから300メートル弱近く離れた村が、少し前にヴェトコンに占拠されて空爆されており、ヴェトコンが戻ってきた場合にそなえて監視していたのだ。午後4時にはヘリに回収される予定だった。狙撃チームは無言で集中し、生理的欲求を無視して双眼鏡で村をくまなく観察していた。そうして何時間も経ったころ、太鼓腹のポットベリー・ピッグが焼け跡となった村にひょっこり現れた。鼻を鳴らしひとり言をいいながら、残骸をほじくり返して朝食を探している。野良ブタを見たチャックは、鼻をヒクヒクさせ口によだれをあふれさせた。ベーコンとポークチョップが思い浮かび、頭がおかしくなりそうになる。何か月もCレーションだけを食べて生きているのだ。血も騒ぐ。

　ビルが声をひそめていった。

「チャック、こいつを仕留めるんだよね？」

「オレもそう思ってたところだ。待っててヘリが近づく音が聞こえてきたら、撃って棒に刺して一瞬で着陸帯に運ぼう」

ヘリは目立つので、パイロットが長居したがらないのをチャックは知っていた。着陸したら、1秒も無駄にせず乗せるものを乗せて飛びたいと思っている。

「回収の前にブタがいなくなったらどうしよう？」

「どこかに行きそうな様子だったら、その場で撃って処置することにしよう」

ブタが朝食を済ませて昼食を探しているときに、チャックはヘリのバタバタという音を耳にした。会心の1発を頭にぶちこむ。ブタの狩人は隠れ場所から飛びだすと、すぐさま死んだブタに駆け寄った。チャックがケーバー・ナイフで喉を切り裂き、あっという間に内臓を抜いた。ふたりで後ろ足を1本ずつもって、血まみれのブタをアイドリングしているヘリまで引きずっていく。

ドアで機付長が出迎えた。ヘルメットとヘッドセットを装着し、渋い顔をしている。血だらけの死骸を指差してわめいた。

「オレのヘリ《バード》にそんなものはもちこませないぞ！」

「これを置いていくならここから動かない！」チャックもわめき返した。ビルとともに、ブタの足を2本ずつもってもちあげる。

「歩いていくってことだな！」機付長は怒鳴ると、マイクをとおしてパイロットに大声で説明した。「このふざけた野郎どもは、オレのヘリに血だらけのブタを乗せたがってるんだ！」

チャックは相手がなんといっているか聞こえなかったが、機付長の顔がみるみる険しくなったので、パイロットがさっさとブタを積んで飛びたがっているのがわかった。

機付長が、話し合いをするためにパイロットのほうを向いた。チャックとビルは勢いをつけて、ブタをドアからピカピカのアルミニウムの床に放りこむ。次いで自分たちの汚れきった体を投げこんだ。パイロットがエンジン出力を一気に上げてヘリを上昇させた。かたや機付長は、自分が血だらけになった機内を掃除しなければならないことに、腹を立ててふくれっ面をしていた。

チャックはブタを肩に担ぎ、ビルとともに基地に入った。ロビン・フッドとリトル・ジョンが愉快な仲間たちのもとに戻っていくような絵だ。

兵士たちはブタをどう料理するかで意見を戦わせた。「故郷のアーカンソーでは串に刺して丸焼きにする」「シシ・カバブにしたらどうだろう?」など意見百出だったが、結局はフォフォの鶴のひと声で決まった。

「このブタは地面に穴を掘って料理するぞ! 海兵隊の野郎どもは穴を掘れ、木のすのこを切り刻め、そしてバナナの葉をかき集めろ」

チャックとビルは、作業を見守りながら日陰でくつろいでいた。海兵隊員が穴の中で盛大に火を燃やすあいだに、フォフォは自分のケーバー・ナイフでブタの皮を剝いで、その身をバナナの葉で包んだ。

火の勢いがブタを入れられるほど弱まったときには、もう5時半になっていた。フォフォはバナナの葉で包んだブタを熾火《おきび》の上に置き、自分の携帯シャベルで土をかぶせた。

「どれくらい待たなくちゃならないんです?」チャックが日陰から叫んだ。

「そうだな、このブタは35キロぐらいあるから、5時間半はかかるだろう」

人垣からうめき声があがった。

「ディナーは午後11時に配ろう」とフォフォ。

チャックとビル、そして歩兵たちはがっかりして、フォフォとともに食堂に向かった。

晩めしのあと、チャックはフォフォと一緒に料理のでき具合を見にいった。つまりはこんもり盛りあがった土を見たのだが。

暗くなってくると、海兵隊員が姿を現しはじめた。自分の見積もった時間が誤っているのではないかと気が気でなくて、フォフォは行ったり来たりしはじめた。巨大なピンク色の舌で唇を舐めている。そしてついに午後11時。フォフォは、

「できた!」と宣言した。

携帯シャベルでブタの上の土をどかす。このようなにおいが記憶にしかない海兵隊員にとって、その香りはたまらなかった。海兵隊員4人が携帯シャベルでブタをしっかり支えて穴から出し、砲弾箱の上に置いた。

100人が列を作った。

フォフォはケーバー・ナイフで湯気をたてている肉の塊をスライスし、自分の開いた口に上から落とした。大きな白い歯を見せて破顔し、大声でいう。

「ミディアムウェルだ！」

フォフォが肉を骨から切り離すそばで、チャックがジュージューいう肉の塊を誇らしげに兵士一人ひとりに手渡す。順番が来た兵士は感謝の言葉を口にした。そのひとりは、地獄のこちら側で歩兵がご馳走にありつくことはめったにない、といっていた。

21 「撃たれた」

チャックと観測手のデーヴは、「ミード川」と呼ばれる大規模作戦のあいだ、第5海兵連隊第1大隊デルタ中隊に派遣されていた。デルタ中隊は、「ダッジ・シティ」にあるとわかっているヴェトコンと北ヴェトナム軍の要塞を探しだして交戦する任務を帯びていた。「干潟《ひがた》」と呼びならわされているこの地域には、80平方キロメートルにわたり水田と木立が並んでいる。

チャックはパンパンになった背嚢を担いで、兵60人から成る縦列の4番目にいた。デーヴはその前におり、兵はそれぞれ10メートルの間隔をとっている。チャックは銃撃の音を耳にした。前方の遠方からだ。後ろの無線がガリガリと音をたてた。縦隊は前進を止めた。チャックがふり返ると、中隊長が無線を代わり、後ろの兵に告げていた。

「後方に伝達しろ。海兵隊員が地獄から抜けだせなくなっている。行くぞ！」

デルタ中隊は猛烈な勢いで進み、泥に足を取られながら水田を横断した。

ポイントマンが掩蔽になる木立に到着した。デーヴはそこから20メートルほど離れ、チャックはさらにその後方10メートルを早足で進んでいる。横には高さ15センチほどの畔があった。

左手でＡＫ‐47アサルトライフルが火を噴いた。射手は木立沿いに２００メートルほど離れたところにいる。デーヴもその前の海兵隊員も、遮蔽物になる木立に頭から飛びこんだ。チャックの周囲で弾丸が泥をはねる。チャックは低い畔の背後で腹這いになり、顔を泥につけた。ライフルはのばした両手でがっちり握っている。海兵隊員が恐怖と苦痛の叫びをあげていた。チャックは泥に体を密着させたが、背嚢がラクダのコブよろしく見えていた。どうにかして遮蔽物にたどり着こうと、じりじりと木立に向かって移動しはじめる。

左肩を撃たれた。野球のバットで殴られたようだったが、痛みはない。動くのをやめ、オレは撃たれたんだろうかと思った。これまで被弾したことは一度もない。前進するとまた弾丸を受けた。それでも痛くない。チャックは動きを止めた。**もう運が尽きたのだろうか。それでもここから逃げださなくてはならない。**

ミミズのように地を這いながらもう一度動くと、さらに1発命中した。**あのポイントマンとまったく同じだ。あいつが経験した地獄をオレも味わっている。だけどそれでも痛みはない。ひょっとしたらもう死んでいるのかもな。すでに天国にいるとか。それともこれは地獄なのか。**頭の中でいろんな考えが駆けめぐったが、最後には生存本能がふたたび優った。匍匐《ほふく》前進のスピードを上げるとまたもや撃たれたが、止まった場所は木立から1メートルもない。依然として痛みを感じないが、生温かい液体が左右の脇から流れるのを感じた。**血だ。それも大量の血だ。出血してるんだ。電報を受けとったら、母さんはどう思うだろう？　もっといい息子でいればよ**

かった。

甲高い音をたてながらジェット機が飛来し、ロケット弾で敵陣地を粉砕した。チャックの腹の下で泥が揺れる。ありがたい！　敵の気がそれているあいだに、チャックは最後のひと押しで這い進む。デーヴが安全な場所に引っぱって灌木の中に転がし、任務に戻った。

チャックはデーヴがそばにいるので安心した。これで出血多量で安らかに死を迎えられる。花をつけた木の梢《こずえ》ごしに空を見上げると、綿菓子のような雲が穏やかに通りすぎていった。

チャックは棺桶の中の死人のように手を組んだ。指のあいだを血がしたたっているのが感じられる。視線を下げた。血ではない。黄色いシロップだ。

その時チャックは思いだした。その日の朝、背嚢に桃の缶詰を詰めこんでおいたことを。

22　逃げた男

海兵隊員はヴェトナム国内で3か月過ごすと、R&R（休養回復）をとる資格が生じる。チャックは休暇先にタイのバンコクを選んだ。バンコクは閑静な都市だったが、ヴェトナム戦争以来アメリカ兵がどっと押し寄せたせいで、アルコールとドラッグ、売春の温床と化した店もあった。

海兵隊の規定どおり、チャックは出発前にライフルを武器係のテントに預けなければならなかった。

「こいつをヘタにいじくらないでくれよ。毎日撃って精密に調整してるんだ」チャックは武器係にいった。

「それがちゃんとしてるかどうか、オレが見てやろうってんだよ」ライフルをもぎ取りながら武器係が答えた。

チャックは武器係がライフルによからぬことをするのではないかと案じながら、バンコクに発った。

チャックともうひとりの仲間は、5日5晩をふたりの若い売春婦とともに過ごした。アンホアに戻ったチャックは、浮わついて疲れていた。

まずは自分のライフルを受けとるために、武器係のテントに直行した。よそよそしい再会だった。武器係はニヤニヤしながらライフルをカウンターに投げて寄こした。その目は、何かを隠しているかのように半分閉じられている。これで一矢報いてやったという感じだ。このチビ助は何かいじったのかもしれない、とチャックは思い、デルタ中隊に着いたらすぐ照準を調整する心積もりでいた。

武器係はうなるように、

「バカめが」といい、後ろの作業台に向かった。

チャックは自分の銃を取り戻したことに安堵して、布切れを取りだすとカウンターのその場所で銃を念入りに拭いた。

デルタ中隊に向かうヘリの中で、チャックは自分が仲間の海兵隊員を恋しく思っているのに気づいた。再会したらうれしいだろう。だがまっ先に銃の零点規正《サイトイン》をしなくては。

ヘリが荷下ろしのために、アイドリング状態から出力を下げたちょうどその時、チャックは発砲音を聞いた。1・5キロほど西で戦闘が勃発していた。ブラヴォー中隊が敵と交戦中だが、デルタ中隊は支援を要請されないだろうというので、チャックは防衛境界線の端まで行って、ライフルのサイトインをすることにした。

岩にすわってライフルに弾薬を装塡していると、ひとりの農民が水田を横切るのが見えた。防衛境界線から300メートル弱離れている。その男の何かが気になった。農民ならやるように米を見ることもせず、一定の速度で歩いている。おそらく戦闘から逃れてきたのだろう。チャックはそれで興味を引かれたのだ。それだけ距離があってもチャックには見えていた。ヴェトコンにしては年をとっている。40くらいか。顔は日焼けしていて、黒い瞳の奇妙な目つきをしていた。ロープにつけた何かを引きずっていたが、それは水田に深く沈んでいるので見えない。男は顔を上げてチャックに気づくと、目を丸くして向きを変え、反対方向に離れていった。畔にさし掛かる。すると畔をまたぐときに、水に沈めていたライフルが見えた。チャックがトリガーを引き絞る。男はチャックのほうを向き、黒くてぞっとするような目で見ると踵を返して逃げだした。チャックが矢継ぎ早に弾丸を送る。が、右上、右下、左上、左下と、撃てども撃てども当たらない。

チャックは次にアンホアに行ったときに、武器係に文句をいった。

「一体全体オレのライフルに何をしたんだ？　ヘタにいじくるなといっただろう」

「なんだと！　こっちは全部のライフルを調整してるんだ。ここにもちこまれるときはひどいありさまなのを、直してやっているというのに」

「オレのは修理なんざ必要なかったんだよ。よく手入れしてるからな。そしたらてめえの小細工で、ヴェトコンひとりを逃しちまった。この先そいつが海兵隊員を何人殺すかしれないのによ」

「まっすぐ撃てなくても、こっちはどうしようもない」

仕返ししてやろうと思った矢先に、チャックはテントの奥の陰に箱が積まれているのに気づいた。箱は緑色に塗られていない。アメリカでよく見かけるパブストブルーリボン・ビール、5ケースだ。

アンホア周辺で、そんなビールを飲んだ者はいなかった。入手した歩兵から武器係が巻きあげているのだろうと推測した。チャックは目をそらした。テントを去りながらも口につばが湧いてくる。彼はそのビールのことを忘れなかった。

23 地図作成者

チャックは武器係のテントにあった盗品のパブスト・ビールのことでいまだに悶々《もんもん》としながら、ビルとともに、中隊の防衛境界線の端に立ち、広大な水田を監視していた。そこはリバティー橋から近かった。黒い目の男が逃げたところから1・5キロぐらいのところだろう。ひとりの男がチャックのライフル・スコープの視界に入ってきた。500メートルくらい先だ。灌木が並んでいるところから水田の中央に向かって歩いている。水田の稲は膝の高さになっていた。

「あいつ何者だろう?」チャックがいった。

「自分には農民に見えるけど。着ているものもおかしくないし」ビルが双眼鏡を覗きながらいった。

「農民はいつから麦わら帽子とパジャマの格好になったんだ?」

「嫁さんが着替えさせようとしなかったのかも」

「あまり農作業をしているようには見えないな。関心があるのはほとんどこっちの防衛境界線だよ」チャックは疑念を募らせながらいった。

「たしかに、こっちのほうばかり見てるな。自分たちをどうこうしようというわけでもない。それでも、ロープをもっている」

興味を引かれたチャックは、滑るように伏射姿勢になり、遠距離射撃の体勢を整えたが、急いではいなかった。男は水田の真ん中にいて、今すぐどこかに行く様子もなかったからだ。そのためチャックは余裕をもって男の生殺与奪《せいさつよだつ》の判断ができた。

「賭けてもいいが、あのロープの先は銃にむすびついている。ビールのケースがあるなら、それを賭けてもいい」

今は跪いているビルがいった。

「賭けには乗らないよ、チャック。いつだって勝てないんだから」

「それをオレが次に分隊長とバックアレイ・ブリッジ［ふたりひと組で行なうカードゲーム］をやるときに、いってくれ。今までを負かしたことがないんだ」

男が畔に乗るとライフルが見えた。少し前のエピソードとまったく同じだ。

「あいつ、銃をもっていやがる」ビルが声をひそめていった。

チャックのボルトアクション・ライフル［薬室を閉じる円筒形のボルトをそなえた銃。ボルトについたハンドルを操作して弾薬を装填・排莢する。遠距離射撃の命中精度がよい］には、500ヤード（457・2メートル）のDOPE（射撃データ）が貼られていた。それによると、500ヤードの射距離で弾丸は

66センチ落下する。チャックはレティクルを男の頭に合わせた。標的の中心、つまり胸に命中すると計算したのだ。引き金にかけた指に力を入れようとしたとき、たばこの煙のにおいがした。後ろから歩兵の話し声がする。

ビルが笑った。

「なんと、見物人が来た」

「そういうのは初めてだな。外さないようにしないと」とチャック。

息を止めて、引き金を絞りはじめた。と、カメラのシャッター音がする。

チャックは息を吐くとライフルを置き、ニヤニヤしているビルを見上げた。

「一体なんの騒ぎだ？」

ビルは肩をすくめた。歩兵が笑い声をあげる。

チャックは標的から目を離さずに、気配の変化を探るために耳を澄ました。歩兵が静かになるとライフルを構える。男は石のように水に突っこんだ。

歩兵が歓声をあげた。ひとりの将校をふくむ5人組射撃チームが、500メートルを歩いて遺体を調べ、銃1丁とパラシュートのナイロン製ロープでできた吊り索《スリング》、そしてたたまれた紙1枚をもって戻ってきた。

「チャック、弾丸はど真ん中に当たっていたぞ」と将校はいい、ペンを取りだした。「戦果シートを出してくれ」シートにサインしながら、将校はいった。「あの男は何に撃たれたのかわかっていなかった」そして折りたたんだ紙を、チャックに渡した。それは手書きの地図のようだった。「この中隊の配置図を描いていたんだ。火器や弾薬がどこにあるかが記されている。この男は曲者だった。でかしたぞ、チャック」

24 ビールタイム

チャックと観測手のビルは、月に1度の結果報告《デブリーフィング》のために、アンホア戦闘基地に3日間戻ることになっていた。チャックはヘリコプターを1日待ってアンホアまで乗せてもらうこともできたし、ちょうどその時来ていたヘリに飛び乗り、基地から4・5キロの地点で降ろしてもらって歩くこともできた。チャックはシャワーとまともな食べ物の魅力に負けた。かくしてヘリの降下地点から、ビルとともに猛暑の中をパンパンにふくれた背嚢を背負って、その距離を歩くことになった。1か月触れていなかったきれいな流れる水と石鹸を夢見ながら。

基地のゲートで到着の手続きを済ませたあと、疲れきったふたりは埃っぽい路地をとぼとぼ歩き、スナイパー用テントを目指した。テントに装備を置いたら、まっすぐシャワーを浴びに行くつもりだ。シャワーの施設はテントに行く途中にあった。屋根はなく、後ろに砂嚢を積みあげた掩蔽壕がある。チャックがシャワーの入口に近づくと、石鹸の爽やかな香りがして、マーク・リンピックがお湯が出ないとひとりでぶつぶついっているのが聞こえた。ふたりが会ったときマークはちょうどシャワーに入ろうとしていた。ショートパンツを穿いて、首にタオルをかけている。

「よう、チャック」マークは挨拶すると、ビルにうなずいた。「よく戻ってきたな。オレはこれからもう一度冷たいシャワーを浴びるところだ。海兵隊は、こんな自然の中で生き延びているオレたちに、わずかな敬意しか払っていないとお前らも思うだろうよ」

「たしかに。先月向こうで考えていたのは、ここでどんなひどい目に遭うかってことばかりでしたよ」チャックはクサい体から汗を吹きだしながらいった。

「そりゃいいや」マークは角をまわってシャワーに消えていった。

チャックはニッと笑うと、ライフルをビルに渡して土埃舞う中に背嚢を置いた。

「け、暖かいシャワーがお望みだとよ。じゃあ、そうしてやろう」

そして助走して掩蔽壕のてっぺんに飛び乗ると、マークを見下ろした。マークは冷たいシャワーを浴びながら石鹸で体を洗っている。チャックはズボンを下ろすと、だれはばかることなく堂々と、温かい小便を勢いよく上官の首の横に放った。

マークは目を閉じて、ほほえみながら顔をかぐわしい液体に向けた。そして鼻にしわを寄せると、顔を上げて苦痛の叫びをあげた。泡のついた素っ裸のままシャワー室から飛びだす。

「こんちくしょうめ！」体を折り曲げて大笑いしているチャックに怒鳴る。

チャックは真顔になってズボンを引きあげると、この先どうなるだろうと考えた。軍法会議にかけられるのか？　裸の上官は土埃の中で、泡だらけで真っ赤な顔をしている。

マークは無表情になった。次いで顔をくしゃくしゃにすると、笑い声をあげた。ビルも笑う。

マークは好奇の目を向ける野次馬を見まわすと、急いでシャワーに戻っていった。

マークが冗談で済ませてくれたことに感謝しながら、チャックはビルから銃を受けとると、ふたりでスナイパー用テントと文明に向かってとぼとぼ歩いていった。

◉

2日目の夜の午前1時ごろ、煙がもうもうと立ちこめるテントで、チャックはトランプに興じる騒がしい声で目を覚ました。分隊長のマーク・リンピックとスナイパーたちが、電球のもと、弾薬箱の上でバックアレイ・ブリッジをしている。チャックはもう眠れそうになかったので、ゲームにくわわることにした。

「ホント、ビールがあったらいいよな。トランプにビールはつきものだ」マークがいった。

「パブストを手に入れられる場所なら知ってますよ」とチャック。「この通路をテント10張ちょっと行ったところに、秘蔵されてます」

突然頭上でシュルシュルという音がした。ロケット弾だ。テントは暗くなり、緊急事態を知らせるサイレンがけたたましく鳴った。**掩蔽壕に走れ！**という意味だ。

最後にテントを出たチャックとマークは、ドアフラップの外に停めてあるM２７４「ミュール」にぶつかりそうになった。チャックにある考えがひらめいた。

「ドライブに行こう！」チャックは大声でそう告げると、この小型輸送車両に飛び乗り、エンジンをかけた。

「頭がどうかしたんじゃないか？」ロケット弾と迫撃砲が撃ちこまれ、アンホアの大砲が撃ち返して騒然とするなか、マークが負けじと声を張りあげる。「戦闘がおっぱじまってるんだ。お前が気づいていないんだったらな！」

「乗って！　ビールタイムだ！」チャックが叫ぶ。

「ビールのために命を危険にさらすってのか？」マークはミュールに飛び乗った。

周囲のあちこちでロケット弾が空気を引き裂き迫撃砲がドカンドカンと撃ちこまれるなか、チャックはガスペダルを目一杯踏むと、人気のなくなった路地を猛スピードで走りぬけた。

「ケーバー・ナイフを貸して！　入口の鍵がない！」

マークはナイフを渡した。

チャックはミュールを武器係のテントの裏で停めた。エンジンをかけたまま、テントを150センチほど縦に切り裂く。ヘラジカの内臓を抜くときのようにまっすぐに。中に入ると、暗闇の中を手探りで進み、あちこちで物にぶつかったあげく、肩ぐらいの高さのビールケースに手を置いた。しめた《エウレカ》！　切り裂いた隙間から1ケース目を手渡す。そうするあいだもロケット弾が閃光を放ち、マークの顔を明るく照らす。マークはびびっているようだった。

「これを積んで！」チャックは怒鳴った。

「オーケー！　もう行こう！」

「まだ！　もっとあるよ！」

チャックはさらに3ケースをマークに渡してから、ミュールにドサリと腰を下ろし、Uターンすると、爆発や煙や硫黄の燃えるにおいをかいくぐって、エンジンを加速させ帰路についた。

「根こそぎもってきたのか？」マークが叫んだ。

「ひとケースは置いてきました！」

「どうしてもってこなかったんだ？」

「最後のビールは奪っちゃならないから！　そういう決まりなんです！」

ふたりはビールを大急ぎでスナイパー用テントに運ぶと、1メートルも離れていない塹壕《ざんごう》に勢いよく飛びこんだ。

ロケット弾の攻撃がやんだ。明かりがついた。

怪物ネズミはその夜一睡もできなかった。同居人が生温かいビールを流しこむわゲップをするわで、うるさかったからだ。

25 スリル満点の韓国軍派遣任務

大韓民国から派遣された多数の兵士がヴェトナムで戦っていることもあり、チャックは近くの韓国軍海兵隊に協力するよう命じられた。自分が呼びよせられた正確な理由も、観測手なしで派遣された理由も知ることはなかった。ただ、韓国軍海兵隊が長銃の投入を必要としていたのは明らかだった。

チャックはヘリで韓国軍部隊の拠点に到着すると、ただちに自分の担当者を探しにいった。韓国人歩兵が話す言葉はひと言も理解できなかったし、逆に韓国人歩兵にとっても同じだった。ようやくひとり英語を少し話せて、世話係のように思える人物を見つけた。

自分が一体全体なんのためにそこにいるのかは謎だったが、チャックはそれでも毎日韓国軍海兵隊員とともにパトロールに出た。彼らはしょうもなくひねくれたチビどもで、チャックの後ろを歩いて、見られていないとわかると背中や足に木の枝を投げつけてくる。チャックに敬意を払う気がないのはみえみえだ。

もうひとつ、チャックがパトロールで気が気でなかったことがある。韓国兵が夜間陣地を設営しないことだ。防衛境界線をめぐらす代わりに、無人の村の小屋でもどこでも入りこむ。かといえば、ただ小道の際で体を丸めて寝たりもするので、チャックは目が冴《さ》えて寝られなかった。韓国兵は物音で目を覚ますと、原因を調べるために武器をつかんで暗闇に向かって走っていく。敵を生け捕りにすると、さっさと殴り殺して寝床に戻るのだ。

チャックの仕事をそれ以上にやりにくくしたのは、韓国軍部隊の指揮者が毎日替わっているように思えることだった。どうもその日一番の頑固者が王様になっているらしい。

チャックは、たちが悪いと思う韓国兵が敵でないことを喜んだ。

ある日、チャックが韓国軍哨戒縦隊の中央にいると、前方の韓国兵が背の高い草の陰にしゃがんだ。好奇心をそそられて前に行くと、韓国兵が５００メートル以上離れた水田を指差している。見ると、北ヴェトナム兵がうろうろしていた。韓国兵はその周辺を指して早口でしゃべっている。北ヴェトナム兵に忍び寄ろうとしているようだった。

チャックは韓国兵のあいだで身を伏せてライフルの銃身《バレル》を畔の上に据えた。目の端で韓国兵が信じられない、その距離で仕留められるのか、というようにかぶりを振るのが見える。チャックは狙いを定めて弾丸を放った。北ヴェトナム兵がひとり倒れる。さらに2発でふたりの息の根を止めた。そのころにはほかの敵は、散り散りに木立に逃げて命拾いをしていた。

韓国兵は目を丸くした。にやりと笑うとお前を見直したというふうにチャックを軽く叩く。彼のことを誇りに思ったのはまちがいない。それ以来、通りかかった者にいちいち中隊の一員と思わせるように、チャックを見せびらかしていたのだ。

そしてチャックとしては、韓国軍海兵隊員を相手にその後２週間の任務を生き延びられたことがうれしかった。

26 グリースガン

チャックとビルは共同行動小隊（CAP）に召集された。CAPは海兵隊の対ゲリラ活動プログラムの一環として、住民の民心獲得《ハーツ・アンド・マインズ》を推進している。各分隊は10人強の兵士から成り、この兵士が村で暮らしながら、住民に基本的な応急手当や浄水、食料保存の知識を教えていた。

チャックとビルはヘリで村にやって来ると、分隊長に到着を知らせた。チャックの目は、分隊長のベルトから下げられている短銃身《ショートバレル》のマシンガンに釘づけになった。

「分隊長、何をすればよいでしょう？」チャックが質問した。

「敵のスナイパーに悩まされているのだ。毎日早朝に2、3発撃ちこんでくる。それからわれわれが就寝したあとも同じようにな。おかげで神経が休まらない。そいつを片づけてもらえないだろうか？」

「ご心配なく。どこから撃ってくるかわかったら、ただちに射手を黙らせましょう。分隊長がもっている銃はすごいですね。なんですか？」

「グリースガンと呼ばれている。45口径、フルオートだ」

「自分も使ってみたいな。この長銃はあまり接近戦向きじゃなくて、支給されているピストルは連射に手間取るので。どこで手に入れたんですか？」チャックはグリースガンを指した。

分隊長はにやりとした。

「ツイてたね。ポーカーで巻きあげたのさ」

チャックは彼に好感をもった。

その夜、チャックとビルは掩蔽壕の中でトランプをしながら、期待どおりに弾丸が撃ちこまれるのを待っていた。銃声が響きわたった。チャックは2発目を聞き逃すまいと入口から飛びだし、その銃声から、弾丸が飛んできた方向を正確に特定した。

夜明け前、チャックとビルは射手のいる方角を確認すると小道を歩きはじめた。ビルが先で、チャックはその少し後ろだ。真っ暗闇の中、ふたりは水田を横切り、手探りで木立を抜けた。スナイパーによるスナイパー狩りだ。

夜が明けると驚いたことに、朝霧の中から小さくまとまった小屋群の影が近づいてきた。といきなり、ビルがM14アサルトライフルを構えて、チャックに見えない前方の標的にぶっ放した。

「命中」ビルがいった。

おいおい、ここで撃つのはオレじゃないのか、とチャックは思った。

ふたりは遺体に近づいた。初老の男が仰向けに倒れ、冷たいライフルを握りしめてこと切れている。この男と同じく、銃もおそらくは第二次世界大戦中の年季が入ったもので、バラバラにならないよう蛇腹形鉄条網が巻きつけられていた。

「この男はきっと死にたかったんだな」とビル。

「どうしてわかる？」

「木立から姿を現すと、こっちを撃とうとするかのように銃を振りあげたんで。ヤツにはチャンスが万が一もなかったのに」

チャックは、その老人が追っていたスナイパーだと思った。遺体をその場に残し、ビルが古い銃を肩に担いで、分隊までの長い距離を気分よく警戒を怠らずに歩いて戻った。

チャックはにっこりして分隊長にこのよい知らせを伝え、古ぼけたライフルを渡した。「ビルのおかげで、スナイパー問題は解決しました」

「それはありがたい」分隊長はグリースガンをベルトから外すと、チャックに渡した。「もらってくれ。君のほうがオレよりこういうのを必要としてるだろう」

チャックはグリースガンをビルにやろうとも考えた。相棒が獲得したものだからだ。だが、最初に組んだオルバリーとのエピソードを思いだして、チャンスを逃さず自分がこの銃をもらったほうがよいと判断した。

27 最初の帰国休暇

チャックの最初の派遣任務は終わった。ヴェトナムの死と隣り合わせの地域で13か月生き延びたのだ。また彼はスナイパーとして、週平均で6つの戦果をあげていた。さあいよいよ最初の帰国休暇をとる番がまわってきた。帰郷したらほとんど記憶にない生活を再スタートさせるのだ。戦友を無防備にして残していくことを思うと、チャックは穏やかでいられなかった。

選択肢はあった。ただ単に30日の帰休で帰郷し、その後ヴェトナム以外の任地に再配置されてもよかったし、2度目になる派遣任務を再志願してから30日間帰郷し、その後前回の装備一式を身につけてヴェトナムに戻り、6か月間過ごしてもよかった。

13か月で多くを学び、地形、敵の心理、そして敵がどう反応するかなど、この国のことをよく知った。仕事はまだ終えていない。チャックは再志願した。

行きと同じルートをとることにした。ただし逆ではあるが。ダナンから沖縄、オークランドへ、それから航空機を乗り換えてクラマス・フォールズへと。

チャックは、新しい作業服を着て散髪したてのミリタリーカットを自慢げに、母国への航空機に乗りこんだ。ほかにも陽気な海兵隊員が乗っていた。帰休または派遣終了で本国に戻る者たちだ。

最初にアメリカの土を踏んだのは、カリフォルニア州オークランドだった。ほかの海兵隊員は大半が、妻や恋人、両親に出迎えられていた。チャックはひとりで、再会を喜ぶ大勢の人々を押しのけながらクラマス・フォールズ行きのゲートを探した。すると戦争に反対する大勢の叫び声が降ってきた。フラワーパワーをモットーとするヒッピーが、中指を立てて怒りを表し、ののしりの声を浴びせる。

「村を焼き払っただろう！」ひとりの女性が、バラ色の眼鏡の奥で憎しみをたぎらせた目で叫ぶ。

「赤ん坊殺し」あごひげのあるくくり染めの服のジャンキーがあざける。抗議者はマリファナとパチョリ油［ヒッピーに人気だった］のにおいをぷんぷんさせながらチャックに群がったが、チャックは頭を高く上げてコンコースを大股に歩いていった。

一般人は恥じ入って目をそらした。恥ずかしいと思うのはチャックのことか、それとも彼に味方しない自分自身のことか。

チャックがクラマス・フォールズ便のゲートに行くと、乗客は農民や木こり、工場労働者だったので反戦運動家は興味を失い、次に帰国する若い兵士を恐怖に陥れられるように、ヴェトナムからの到着ゲートに戻った。

レイクヴューに戻ると、両親は変わりなく、ただシワが心もち深くなって髪が白っぽくなってきたような気がした。心配をかけたからだろうとチャックは思った。両親に会えてうれしかった。母親は髪型をほめてくれたし、父親は敬意をこめた眼差しで握手した。チャックは自分が考えていた以上に、両親を恋しく思っていた。

「そんで、デニスはいないんだよね。ほかの友達はどうなった？　まだこの辺りにいるヤツはいない？　それともほとんどが軍に入ったのかな？」チャックが聞いた。

「あなたのクラスメートの何人かとは、ダウンタウンで時々会うわよ。あんまりしゃべらないけどね」母親が答えた。

「ひとっ走りしてどうなってるか見てこようかな。小型トラックを借りていい、父さん？」

父親はほほえんだ。

「キーは差してある」

チャックはとりあえず自分の部屋に行き、私服に着替えた。ジーンズはおかしな感じがした。運転もそうだ。ハンドルを握ったのは1年ぶりだった。

チャックはドライブインのエイアンドダブリュに車を止めた。スージーがまだウェートレスをしていた。

「やあ、スージー。ルートビア［ノンアルコール飲料］を頼むよ」

「チャーリー、あなたどこ行ってたの？」

「すんごく遠いとこ。みんなはどこにいる？」

「今はほとんどが働いてるわ。今晩みんな飲んでるから行ってみれば。ここんところ、仕事が終わったあとしょっちゅう飲んでるの」

「じゃあ、飲んでるのはどこ？」

「最近はドリューズ貯水池よ。今夜のぼっていってみなよ。懐かしい友達のだれかがいると思う」

「時間は？」

「暗くなるころ」

チャックは父親の小型トラックを運転して、日没の直前にドリューズ貯水池に到着した。この山の湖畔では、子供のころ家族でキャンプをしていた。チャックの思い出の風景と寸分たがわず、青い水を大木がとり囲み、アヒルがはばたき、魚が跳びはねている。ここはどうしてこんなに平和なんだろう？　悲惨な爆弾やブービートラップはない。戦争など存在していないかのようだ。

湖にはだれもいないように思えたが、向こう岸に車が2台停まっていて、水際でキャンプファイヤーが燃えていた。**きっとあいつらだ。**チャックは砂利道を運転して湖をぐるりとまわった。近づくと、若者が岩だらけの岸辺でキャンプファイヤーを囲んでいる。何人かは見覚えがあったが、仲のよかった者はいない。彼は車を停めて降りた。

「よう、チャーリー。ビールを一緒に飲まないか」学校時代の顔見知りに声をかけられた。

「悪いな」チャックは火を囲む輪にくわわった。

その若者がクーラーボックスから缶を取りだし、チャックに渡した。

「そんで、結局あのヴェトナムってのは、どういうふうなんだ？」

チャックは、缶ビールを口からなかなか離さなかった。

「暑いよ」

笑い声が起こり、次いで知り合いが製材所での新しい仕事について話しはじめた。チャックには、彼がヴェトナムの様子など知りたくないのがわかった。

「それに乾杯しよう」とだれにともなくいって、もうひと口飲みこむ。

「何に？」知らないポニーテールの女の子が、火を蹴りながらいった。

「なんでもない」とチャックは答えた。彼女にはわからないだろう。**ここにいるだれにもわからない。わかるはずもない。オレは野生の獣みたいに命を奪って生きていたんだ。**

辺りが暗くなった。湖を囲む林から夜の物音が聞こえてきて、チャックの耳がそれを聞き分けた。コオロギ、カエル、フクロウ。ヴェトナムで夜聞いていた音と大きな違いはない。

それからさらにビールの缶が空になり、焚き火に薪が次から次へとくべられた。炎がパチパチ音をたててはじけ、炎に照らされた顔を見合わせて若者が笑いさざめく。

こいつらは変わっちゃいない。いまだに1年前にここを離れたときと同じガキだ。ここはオレの居場所じゃない、とチャックは思った。

若者はアルコールの勢いに任せて、歌いはじめ大声を出したり笑ったりした。火がますます燃えさかり、上空高く火花を散らした。夜の物音が止まる。チャックは極度に緊張した。そこにいる者は安全なのだと自分にいい聞かせようとしたが、いつの間にかありもしない防衛境界線の見まわりをしていた。キャンプファイヤーに戻ってくると、若者に笑われた。チャックはにこりともしない。するとだれも笑わなくなった。みんなチャックから視線を外している。女の子がまた火を蹴った。

「もう帰るよ」チャックはひとり言のようにいった。

別れの挨拶をする者はいなかった。

拒絶されたチャックは、車で山を降りながら、もはや若者の仲間でないことにショックを受けていた。**なんだよ。オレはこの界隈《かいわい》じゃああいうガキどもを束ねてたじゃないか。**ヴェトナムに戻って本物の友達に会うのが待ち遠しかった。

町に入ると、地元の居酒屋の前に見覚えのある車が停まっている。デーヴという、フォードの修理工場で知っていた整備士のものだ。

居酒屋のドアを開けると、小さなドアベルがチリリと鳴った。そこにいる全員がチャックを見た。デーヴがにっこり笑った。

「チャーリー、お帰り！　カウンターに来いよ。ビールをおごるぜ」

チャックはビールよりその笑顔を必要としていたが、ビールを断るつもりはなかった。デーヴと握手してスツールによじのぼる。ちょいとばかし罪悪感を覚えたのは、居酒屋で合法的に飲めるようになるのは、2年後だったからだ。チャックは両手を長い木製カウンターの上に置いた。このカウンターは、たばこの焼け焦げで変色し、長年にわたる男女労働者の頑丈な肘のために傷だらけになっている。カウンターの後ろにある大きな鏡を見ると、ひとりの男が見返してきた。チャックは13か月で変わってしまった。罪悪感はあっという間に消し飛んだ。チャックはいまや一人前の男だった。

バーテンダーが奥の部屋から出てきた。大柄な男で、エプロンをかけて拭き仕事をしている。

「何にする？」チャックに聞いた。

「ハムズのビールを。デーヴがここで飲んでるのと同じく小瓶で」チャックは答えた。

バーテンダーは冷蔵庫から瓶を出すと、チャックの前に置いた。顔を見上げてチャックをにらみつける。

「少年、年はいくつだ？」

「飲める年だよ」チャックはにらみ返した。

「証明書は？」

「ビールを出してやれよ。戦争から帰ってきたばかりなんだ。あんたのために戦える年なら、ビールを飲める年だってことさ」デーヴが加勢した。

「身分証明書を見なければ、出すわけにはいかない」

チャックは法律には勝てないことを知っていた。だからレイクヴューを出たのだ。バーテンダーから目を離さずにスツールから立ちあがると、ハムズをデーヴの前に滑らせる。

「それでもありがとう、デーヴ」

チャックは本物の友達のもとに戻るのが待ち遠しくてたまらなかった。

28 盗まれたグリースガン

ヴェトナムに嬉々《きき》として戻ってきたチャックは、海兵隊員と荒っぽい再会をすると、早々に仕事に復帰した。

クソ。このイモ野郎も伍長の山形袖章を見せびらかしやがって、と同僚が昇進したときチャックは思った。来る日も来る日も、だれかしらアンホアから給与等級E－4のストライプを肩に戻ってくる。するとニヤニヤして自慢するのだ。チャックはそれをけっこう苦にしたし、当然ながらこのことでチャックをからかわない者はいなかった。

「お前の袖章はどこだ、マウィニー？」

「まったく、わけがわからん」

自分がひとつも問題を起こさず100近い戦果をあげているのに、まだE－3であるのが腑に落ちなかった。

5月末日、第5海兵連隊第1大隊デルタ中隊に派遣されていたチャックは、ちょうどその時、アリゾナ準州に出ていた。遠方からバタバタという音が近づいてくる。手紙、食料、弾薬、それとも知った顔が運ばれてくるのか。ヘリコプターが着陸した。防衛境界線の外から、チャックはマーク・リンピックが地面に降りるのを見て、自分の分隊長がわざわざ何しにここまで来たんだろうと思った。**ついにオレも、昇進のためにアンホアに行くんだろうか？**

チャックとカーターは、急いでマークに会いにいった。するとマークは、

「お前らは、明日オレと一緒にリバティー橋に飛ぶぞ」という。

なんだ。

「アンホアじゃなくて？」

「いんや。中隊長はどこだ？」

チャックが指差すと、マークはそちらに向かった。

「あちゃー、チャック。今度はどんな十字軍になるんだろう？」

「ホーチミン本人を追跡するのかもな」

「ええっ。そいつはご勘弁！」

その後チャックとカーターがテントの外にいると、マークが現れ、ピカピカした手動バリカンをひけらかしながらチャックに告げた。

「お前らをちょっとは見られる姿にしなくちゃならん」

その冷たいクロム製の道具は、手術道具のようで痛そうだった。チャックは身震いした。

「なんのためにそんなことをしたがるんです？」

「散髪が必要なんだよ」

カーターがいった。

「えと、自分は遠慮しときます」

「たしかに。お前は大丈夫だ」とマーク。

チャックは縮みあがりながら箱にすわっている。その間カーターは、床屋ではなくマークが、チャックの頭に切り傷を作りながら、えぐるようにして髪を刈るのを見ていた。

残った髪に指をとおしながら、チャックはいった。

「分隊長、ひでえな。切れ味の悪い芝刈り機で刈られたような気がする」

「お前らふたりとも、朝のうちに装備を準備しておけ。めしのあと出発するぞ」

翌朝、3人はどやどやとヘリに乗りこみ、リバティー橋へと飛んだ。その理由についてはだれも口にしない。それでもチャックは、ましな食事と本物のシャワーを楽しみにしていた。

3人はヘリを降りた。マークを先頭にチャックとカーターは、好奇の目を向ける海兵隊員の列の中に入っていった。きれいにひげを剃ってアイボリー石鹸のにおいをさせている海兵隊員は、チャックのスナイパーライフルに見とれて、彼の目を覗きこんでくる。

チャックは当惑してカーターに文句をいった。

「今まで連中にこんなふうに見られたことはないのに」

「聖バレンタインデーの虐殺［プロローグを参照］のことを聞いたのかも」

「そういうウワサは速く広まるからな」

ポカンと見とれているヤツらは赤土の通りに並んでおり、常設テント群がその先にあった。チャックとカーターはマークに続いてその複合施設に入っていった。

ビジター用テントでマークはカーターにいった。

「ここにいて装備を見張っててくれ。チャックはしばらくしたら、戻ってお前と合流する」

それからチャックが案内された先が、なんとシャワーだった。

天国の心地で体をごしごしこすっているあいだも、チャックはまだ、海兵隊員があのような態度を示したのはなぜなんだろう、と考えていた。洗いたての作業服に帽子、そして新品のピカピカのブーツという格好で、ブーツが小さすぎるために足が痛いのは気にしないことにして、マークのあとについて土の閲兵場に入った。すると観覧席が海兵隊員で埋め尽くされている。しかも彼らはこれからフットボールのゲームを観るかのように興奮していた。

チャックは閲兵場の中央に集まっている5人の男を見た。パリッとした服を着ていて、中隊長と話をしている。まるで侵攻を計画しているかのようだ。驚いたことに、その4人のうち4人ともが高級将校だった。チャックはそわそわしながら考えた。**これが全部オレのためというのはありえるのだろうか？**

マークはチャックを将校のところに誘導した。中佐をはじめとする将校4人がふり向き、航空サングラスごしにふたりの姿を認める。チャックとマークが敬礼し、将校がそれぞれ自己紹介した。

その時チャックは、ニッカーソン中将の手の中で金属の袖章がきらりと光るのを見た。チャックは大感激した。将校が一上等兵を戦場で昇進させたという話は聞いたことがない。しかもここには4人もいるのだ。

中隊長が、注目、と叫ぶと観客席が静まりかえったので、チャックは自分の腕時計が時を刻む音が聞こえた。中隊長が、チャックのスナイパーとしての数々の功績にかんする報告書を読みあげる。ニッカーソン中将が、袖章のピンをチャックのシャツに刺して拳で強く叩いたので、針が綿の布地を貫通してチャックの皮膚に突きささり、血が出た。

将校たちがチャックを祝福し、チャックはその心からの敬意に胸が熱くなった。同時に観客席から拍手が沸き起こる。

「われわれの助けが必要なときは、遠慮せずに探しに来てくれ。では、幸運を祈る」ニッカーソン中将がいった。

将校たちは踵を返すと、自分たちの掩蔽壕へと大股で去っていった。パーティーは終わったという合図だ。

チャックがふり向くと、マークがニヤニヤしている。ふたりはがっちり握手した。その後マークは、アンホアに戻る飛行便に乗るために着陸帯に向かった。

チャックはカーターのところに戻った。相変わらず装備のそばに立っているが、その時は困り顔をしていた。

「どうかしたのか？」チャックが尋ねた。

「伍長が来て、あんたのグリースガンをもってったんだ」

「**なんだって？**　なぜそいつに地獄に落ちろといわなかったんだ？」

「先任上級曹長にいわれて取りに来たといったんだよ。あんたにそれをもたせるわけにはいかないとね。上官風を吹かせてたよ」

「おおそうか？　このことについて将校と話してくる」チャックはむかっ腹を立てた。

将校の掩蔽壕のドアをノックしようとして、ふと思った。**頼み事をするのはちょっと早すぎやしないか。だけどかまうもんか。**

決然とドアをノックする。

ドアが大きく開けられ、身構えた目つきの伍長が現れた。その後ろでは、ニッカーソン中将がほかの将校とともに、電球の照らすテーブルにすわっている。掩蔽壕には煙がもうもうと立ちこめていた。

チャックが口を開いた。

「ニッカーソン中将とお話がしたい」

中将が立ちあがった。

「わたしに何か用かね、スナイパー」

チャックは帽子を脱いで、グリースガン盗難の顚末《てんまつ》を説明した。

「その盗難があったのはどこかね？」

「ビジター用テントです」

「ああ、あそこか。その銃が必要なんだな？」

「はい、中将」

「それなら、われわれに任せてもらおう。テントに戻って待っていなさい」

「ありがとうございます、中将！」

チャックはわれながらよく頼みに行けたなと思いながら、自分のテントに戻りはじめた。先任上級曹長はニッカーソン中将と対峙《たいじ》したらどんなふうになるのだろうと考えながら。

カーターは心配そうな顔をして、まだそこに立っていた。

「お偉いさんはなんと？」

「銃を取り戻しに行ってくれた」

「将校と会ったときの先任上級曹長様の顔を見たいな」

間もなくチャックは、料理小屋の方向から自分たちのほうにやってくる将校たちを見つけた。ニッカーソン中将が先頭でグリースガンをもっている。それを見てチャックは、フィリピンの海岸に徒歩で上陸するダグラス・マッカーサーの有名な写真を連想した。

チャックとカーターは敬礼した。

「マウィニー、ほら、君が手に入れた素晴らしい火器だ」ニッカーソン中将がほほえんだ。「こいつは今日、あちこちに回されてたよ。ここで君の観測手の手を離れたあとは、先任上級曹長のところに行って、その後コックに売られたんだ」

中将はウィンクをしながらそれをチャックに渡した。

◉

将校の名前は以下のとおり。太平洋艦隊海兵軍司令官ヘンリー・ビュゼ・ジュニア中将、第5海兵連隊長ザロ大佐、第5海兵連隊第1大隊長ウィリアム・ライリー・ジュニア中佐、第二次世界大戦と朝鮮戦争に従軍して勲章を授与された歴戦の勇士、ハーマン・ニッカーソン・ジュニア中将。

29 ジム・ランド

チャックがライフル射撃の再認定のためにダナンへの出頭命令を受けたのは、マイク・ワイリー大尉指揮下の第5海兵連隊第1大隊デルタ中隊で活動しているときだった。これはスナイパーだけに定期的に出される命令で、チャックはそれ以前にも認定を受けている。普段ならうれしくてたまらないところだ。スナイパー連中とうだうだして、紙の標的を撃っていられるからだ。

だが、デルタ中隊はラオスとの国境付近で作戦にくわわろうとしていた。危険地域なので、これまで以上にチャックを必要とするだろう。週平均でいくつかの戦果をあげていたため、自分に再認定の必要がないことはわかっていた。彼にとっていちばん必要のないことが、仲間の海兵隊員が危険な戦闘に参加しているあいだに、標的を撃ちにいくことだ。ワイリーは取りなそうとしてくれたが、命令の撤回はかなわなかった。かくしてチャックは中隊から離れて、ダナンで3日間を過ごすはめになった。標的を撃ちまくるのになぜ3日間も必要なのだろう？　出発する前から、彼はすでにうつうつとしていた。

再認定の初日の午前中、チャックはスナイパーたちの最後列で、折りたたみ式椅子に前屈みにすわっていた。視線の先にあるのはテント正面の壁だ。ここに射距離１０００ヤード（９１４メートル）用の紙の標的が下げられていたが、大きさはテーブルクロスほどで、輪の中心の黒円は直径25センチほどあった。

この行事の教官であるアル・ウィットビー三等軍曹が、その横に立って話していた。

「……それから１０００ヤードで、これとちょうど同じ標的にひとり５発撃つことになる。もち時間は1発につき最大で５分だ」

5分？　なんでそれに5分もかかるんだ？　オレなら5秒で撃てるぞ。

ウィットビーは言葉を続けた。

「この標的の中心近くに穴が５つあるのがわかるだろう。これが現時点までのこの射撃場での最高得点を示している。それを撃ったのが、たまたまわたしなんだ」

スナイパーが口々にすごいな、と呟いたが、チャックはちがった。**オレならもっとうまくやれる。アホくさ、撃ち返しもしない標的じゃないか**と思ったのだ。

射撃場に出ると、絶好の射撃日和だった。雲ひとつない朝で風もない。だがチャックは、心の中でぶつぶついいながら撃つ順番を待っていた。最初の射手４人のグループがちょうど、標的の正面で伏射の姿勢になっていた。１０００ヤードというと、縦１００ヤードのアメリカン・フットボールのフィールド10個分だ。その距離から見ると、標的の円はただの小さな点になる。

「各個に撃て！」ウィットビーが命じた。

射手はじっくり時間をかけて初弾を放った。チャックは2発目が撃たれるのを待ちながら、腕時計を見て行ったり来たりした。顔をしかめ、息をひそめて苛立ちを言葉にする。

「長い時間をかけて撃つんだな」

時間はのろのろと進み、ようやく第1グループが撃ち終わった。

「弾を抜け《クリアー・ライフル》」ウィットビーが命じ、射撃の終了を告げた。

射手が立ちあがった。するとチャックらスナイパー全員が、1000ヤード先の標的をチェックするウィットビーに同行するために、「ミュール」トラックに折り重なるように乗りこんだ。赤い土埃の中ブーツをぶらぶらさせながら、人数オーバーの車両でとろとろ向かう。全員が降車した。ウィットビーが標的4枚を回収し、ミュールの荷台に広げて得点を計算する。チャックは結果にがっかりした。弾丸の大半は標的のどこかしらに当たっているが、集弾がいまいちで、中心の黒点からはずれている。

ウィットビーは4枚の標的紙を丸めると、それぞれを撃った者に渡した。それからみんなで車でガタガタ揺られながら射線に戻った。ここで別の射手4人がゆっくり時間をかけているあいだに、それを我慢するチャックの挙動はますますひどくなった。

じっとしていられなくていまにも自分がどうにかなってしまいそうになったとき、チャックはヘリコプターのブレードの回転音が上がるのを聞いた。CH-46「シーナイト」輸送ヘリが射撃場近くの着陸帯から飛びたち、西に向きを変えていた。そうして1キロも離れたときだ。ヘリが爆発して火の球になった。炎をあげたヘリが木々にぶつかる。チャックは爆発音を聞いた。**大変だ！**

ほかのスナイパーの反応をうかがった。彼らは依然として標的に視線を注いでいる。あの惨事を目にしていないのかもしれないが、爆発音は聞いたはずだ。射撃に集中するあまり、死に無関心でいる様子は現実とは思えなかった。

標的をもって来るために、もう一度たらたら往復したあと、ようやくチャックが撃つ順番になった。チャックは3番列でばったり腹這いになり、砂嚢の上にライフルを据えた。あとはもうウィットビーの号令を待つだけだ。

そしてついに、

「各個に撃て！」

チャックは初弾を装塡すると、ライフルの照準を定めて引き金を引き、弾丸を送るとともに鬱《うっ》憤《ぷん》を発散した。さらに次弾のために素早くボルトを操作し、再度発砲する。それからものの数秒のうちに、狙って撃つを3度繰り返した。

気分がよくなり、温かいライフルを下に置いた。

「弾を抜け」ウィットビーが命じた。

え？　みんなはまだ撃ち終わっていないのに。チャックは当惑しながら、ほかの射手とともに立ちあがった。

みんな口をポカンと開けて、チャックをまじまじと見ている。

チャックは彼らを見返した。**オレが何をしたっていうんだ?**

ウィットビーがチャックに近づいてきて、真正面に立った。テレビン油のような息のにおいがする。

「お前な、問題でもあったのか? 認定テストでそんな撃ち方をする者はいないぞ。アメリカ合衆国海兵隊をコケにしてるのか?」

「とんでもないです、軍曹。ただ問題にかんしては、自分の部隊とどうしても行動をともにしなければならないという意味でイエスです。わが部隊は大変な場所に送りこまれようとしていて、自分を必要としているのです」

ウィットビーが、ほかの3人の射手のほうにふり返ってうなずいた。射手は伏射の姿勢に戻った。ウィットビーは3人に目を向けて命じた。

「各個に撃て!」

チャックは緊張を緩めた。ウィットビーが先に進んだのでホッとしたのだ。

射手たちが時間をかけて残りの弾を撃ちはじめる横で、チャックはジープが近くに停車するのを見た。助手席に大尉を乗せている。大尉は車から降りると、迷わず大股で射線にやって来た。チャックと見物人は敬礼したが、大尉はそれにはおよばない、というように手を振って、標的射撃に見入っている。チャックは大尉に関心をもたれていることに感激した。

射撃が終わると、前と同様みんなでミュールに乗りこんだ。チャックが驚いたことに、大尉も小型の汚いミュールに乗りこんで、土埃にまみれながら移動した。

標的場に着くと、チャックはミュールを降り標的の3番を見た。弾丸はすべて中心の黒点を撃ち抜いている。**ちくしょうめ、なかなかやるじゃないか。オレにしても。**

みんなチャックの標的に釘付けになっている。

「3番を撃ったのはだれだ？」大尉が尋ねた。

視線がチャックに集まった。だれも何もいわないが、その眼差しには敬意がこめられている。

「自分です、大尉」チャックはこんなふうに毎日撃っているのだといいたげに答えた。実際そうだったが。「チャック・マウィニー上等兵です、大尉」

「上出来だ、上等兵。いやいや見事だ」

「ありがとうございます」

ウィットビーは標的をうやうやしく外すと、まるで聖杯であるかのように大尉に手渡した。大尉はそれをミュールの荷台に広げてしばし見とれていた。チャックに声をかける。

「こっちに来たまえ、上等兵」

今度は何があるのかと好奇心に駆られて、チャックはさっと近づいた。

大尉はポケットからペンを出した。

「この標的にサインしよう。そしたら君もサインしてほしい。ウィットビー軍曹もな」さらにウィットビーに向かい「この標的を訓練用テントに展示してくれないか。だれでも自由に見られるように」といった。

大尉は左下の端に自分の名前をサインした。**ジム・ランド**。

チャックはそのサインを畏敬《いけい》の目で見つめた。ジム・ランドのことはスナイパー・スクールで聞いていたが、会う機会があるとは思っていなかった。ましてや、ヴェトナムのちっぽけなライフル射撃場で会うとは。ジム・ランドは海兵隊のスカウト・スナイパー・プログラムの父として知られていた。自身も勲章を授与されている名射手で、このプログラムを１９６１年に立ち上げている。その時のチャックには知りえなかったが、ジム・ランドは１９７７年に少佐として退役し、それからすぐ全米ライフル協会の事務局長に選出されて、１９９９年までその任に就いていた。

全員がミュールで射線に戻ったあと、ランド大尉はチャックを呼びよせた。

「ウィットビーから聞いたんだが、君は自分の部隊に早く復帰したいようだな」

「そのとおりです、大尉。自分は第5海兵連隊第1大隊デルタ中隊を支援しているのですが、この中隊が深刻な状況に直面しようとしているのです」

「装備をジープに投げこみなさい。ヘリに乗れるよう今すぐ送ってあげよう」

轟音をたてるジープで空港に送ってもらうあいだ、チャックは後ろをふり向かなかった。それは思ったほどひどくなかった歯医者の診察室を後にするような感覚だった。しかも次の予約はもう当分ないのだ。

30

生理現象が命取り

チャックと相棒の観測手、カーターは、夜が明ける直前に隠れ場所に落ち着いた。ここは前日に目星をつけておいた場所で、廃屋の左手に位置し背後に高い木々がある。日が昇れば、遮るもののない広大な土地を監視できるだろう。そのあたりでは北ヴェトナム軍の活動が報告されていた。

空が白むと、ふたりは仕事にかかった。チャックは腹這いになり、長銃身のライフルを二脚《バイポッド》に据えた。このバイポッドはタケで自作したものだ。そして何時間にもなるかもしれない一帯の精査を始めた。カーターは木にもたれて双眼鏡で監視している。上天気の朝で、空気は澄みスコープの画像もクリアだった。狩猟にもってこいの日だ。

突然、小屋を見下ろす木の高い枝がザワついた。背筋に恐怖が走ると同時に、チャックはライフルを物音の方向に向け、必死になって目を凝らす。ただ、見えるのは大きく拡大した葉ばかりだった。スコープに苛立ちながらチャックは思った。**今ごろふたりとも殺られててもおかしくない。どうしてクソったれが頭の上に忍び寄るのを許してしまったんだ?** カーターはM14アサルトライフルの床尾板《バットプレート》を肩に押し当てて、銃撃戦にそなえている。

巨大な緑のカエルが木の高所から飛び降り、小屋のわら葺《ぶ》き屋根に着地すると、ふり返りもせずに渾身《こんしん》のジャンプをした。

こいつはどうしてこんなに急いでいるんだ？

高い枝からヘビがとぐろを巻きながら落ちてきて、屋根を直撃した。呆然とするチャックの前で、150センチはあるクサリヘビが、口を大きく開けながらカエルに迫る。カエルは目にも留まらぬ速さで屋根から跳び降り、その後をヘビが追った。

チャックとカーターは眉をつり上げながら顔を見合わせ、仕事に戻った。

数時間後、カーターがチャックの肘をこづいた。無言の合図、緊急事態ではないが「何かを見た」という動作だ。チャックがカーターを見ると奇妙な笑い方をしている。必死に口を閉じて大笑いをこらえているのだ。カーターは1時の方向を指差した。チャックがライフルを向けると、やがてピスヘルメットをかぶり、北ヴェトナム軍の制服を着た男が見つかった。2、300メートル離れた灌木の中でしゃがんでいる。この共産主義者は安全に隠れていると思い、いきんでいた。

「ヤツの右側の灌木を見て」とカーター。

「何か金属のようなものが反射しているな」チャックが答えた。

「ライフルの銃身《バレル》だ」

「われわれ海兵隊員を殺すためのな」

チャックは男が立ちあがり、ズボンの前を閉めるのを待った。男がＡＫ-47アサルトライフルを拾いあげると、迅速な処置をした。

31 煙の体験

月に1度のアンホア訪問中に、海兵隊員たちは飽きもせずに一緒にハイになろうとチャックを誘った。「試してみるまでケチをつけるな」だ。

海兵隊では藪の中でマリファナを吸うのを禁じていた。感覚を鋭敏にしておくことが何より重要だからだ。だがベースキャンプの中では多くの者にとって、それは生活の一部になっていた。チャックはアルコール好きだったが、マリファナはやっていなかった。用心深かったのだ。中毒を克服できないこともある、と聞いていた。はまって病みつきになるかもしれない。それでヒッピー化すれば、戦争に反対するようになるだろう。

すると、第5海兵連隊第1大隊アルファ中隊のある海兵隊員にけしかけられた。

「たまにはハッパでガス抜きしないと、正気を保っていられなくなるぞ」

「わかったよ、ちくしょうめ。お前に劣ることなんかあるはずないんだよ」チャックは答えた。

その夜、チャックはその海兵隊員について基地を横切り、戦車が並んでいる場所に来た。戦車は鉄の怪物に見えた。4メートル近い車高があり、砲身が巨大な男根のように直立している。戦車は中央の1か所に停められていた。周囲の地面一面に足跡があるのを除いて、ほかの場所と変わらない。鋳鋼の砲塔の中で反響するかすかな音楽が、チャックの耳に届いた。

すると例の海兵隊員が真顔になり、麻薬取締官がいないか辺りを確かめた。いるように思われたからだ。いないとわかると、ケーバー・ナイフを取りだし、戦車の側面で暗号信号を叩きつけるように打った。**ダー・ディディ・ダー・ダー……ダー・ダー！** 音楽が止まる。砲塔のハッチがパカッと開き、甘い香りがして赤みがかった煙が吐きだされ、涼しいアジアの夜にゆっくり漂った。

こんなことをしているなんて自分でも驚きだ。チャックは仲間のあとについて履帯《キャタピラ》防滑具をよじのぼりながらそう思った。赤い煙霧ごしに開いたハッチの下を覗きこむ。まさに地獄のようだ。

「先に行けよ」仲間が促した。

チャックは足から先に、閉所恐怖症になりそうな兵器の腹の中にずるずると降りていった。戦車の床板の上に立ち、赤く塗装されてまばゆい光を放つ電球と向かいあわせになる。目を細めながら、自分がどの辺りにいるのか把握しようとした。電球のせいで何もかもが赤く見える。フランスの売春宿のロビーのようだ。煙が目にしみる。

腰を下ろすと、ふたりの男と膝をつきあわせる格好になったが、それはすわった姿勢のぼんやりとした人影で、赤い影になっているふたりの顔は、まぶたが厚ぼったくて恐ろしい面相になっていた。だがその目は見開かれ猜疑心を露わにしている。

片方は戦車長のゴーグルを首から下げて、絞り染めのダシキ［色彩鮮やかなアフリカ風の上着］のポケットにマリファナホルダーを留めていた。足のあいだに、マリファナのハッパが半分入ったサンドイッチ用ビニール袋を隠している。灰皿にもこの人物がいちばん近かった。灰皿は巨大な空薬莢で作られており、くすぶるマリファナたばこが置かれている。チャックは、こいつが麻薬常用者の親玉だなと思った。

戦車長がチャックをじろじろ見た。

チャックも涙目になりながらにらみ返した。オオカミだってにらみつけておとなしくさせられただろう。

仲間の海兵隊員がチャックの隣の隙間に降りてきて、親玉にうなずいた。

「チャックは大丈夫です。藪の中に戻る前にいい気分になりたいだけなんで」

親玉は火の消えたマリファナたばこの端をホルダーではさんだ。片手で注意深くホルダーを握りもう一方の手でジッポーの火をつけ、まるで神聖な儀式のようにその火をマリファナたばこに移す。それからゴーグルを引っぱり下ろし、火のついた少量の葉の炎を凝視した。頭に考えが滲みこんでくるのを期待しているかのようだ。

それからゴーグルをしたまま右側にいる男にうなずいた。そのアロハシャツとビーズのスリングを身に着けた男は、シャベルのように平たい顔をしていた。腕を上げてドクロに「ＵＳＭＣ」（米海兵隊）の文字を組み合わせたタトゥーを露わにしながら、遠隔操作マシンガンのトリガーにぶら下がっているトランジスターラジオの音量を上げる。すると小型ラジオから甲高い声が聞こえてきて、ジョーン・バエズの『サイゴンの花嫁』が流れた。

ホント、ぴったりだな。ぶっ飛んだ殺人兵器の中で反戦歌だなんて。この戦争で戦っているのはオレだけなんだろうか？ とチャックは思った。

親玉はマリファナを一服やると、煙を吐かずにそれをタトゥー男にまわした。タトゥー男は思いっきり吸う。そして煙を肺にため、話しはじめてようやく鼻と口から煙霧をじわじわ漏れさせた。甲高いうなり声をあげる。

チャックはその声から、毎朝屋外便所から聞こえてきた祖父の声を思いだした。

タトゥー男の肺が空になり、声が割れた。

「ジョーン、歌ってみろよ」

チャックは、いまだにマリファナにのめりこんでよいかどうか迷っていた。**ここはオレの居場所じゃない。**だがちょうどその時マリファナがまわされてきて、チャックの番になった。

その一方で、チャックは挑戦から逃げて尻ごみするような人間でもなかった。**酒は全然平気なのに、なんでこのちっぽけで妙なたばこのことで悩まなくちゃならないんだ？** いつものマルボロのように、煙を深く吸いこむ。煙は思ったより刺激的で強烈だった。どんなにこらえようとしても咳が出て、咳をすればするほど咳が止まらなくなる。ほかの者は笑っている。チャックが咳をするとみんなが笑う。チャックは自分でも緊張がほぐれるのを感じた。

小型ラジオからのカントリー・ジョー・アンド・フィッシュのロックが、ニューヨーク・フィルハーモニックの演奏のように聞こえる。砲塔からぶら下がっている赤い電球が、美しい真紅の輝きを放つ。今では恐ろしい顔がひょうきんに見えた。まるでピエロかジョーカーのようだ。その滑稽さが動くたびに誇張される。どの会話の言葉も気が利いていて笑いを誘う。チャックは笑った。いいヤツらだと思った。今度はそう深くなくふかしてみた。それでもまた咳こんで笑われた。

突然怖くなりはじめた。**オレは笑われている。**マリファナが体に合わないことを恥ずかしく思い、ただ3人に見せつけるためにもう一服した。戦車長のゴーグルが、一対の万華鏡と化してチャックを見つめる。ドクロのタトゥーは歯をにょきにょき伸ばしてチャックを笑った。彼らの皮肉な見解はもはやおかしくない。この連中はもういやだ。ハイになるのはもうたくさんだ。

チャックは仲間を肘でこづいた。

「出たい」

仲間は笑った。

「そういうんじゃなくて。ここから出ていきたいんだ」チャックは席から立ちあがった。

戦車長は見定めるようにチャックを見つめた。

「悪酔いしたんだな。行かせたほうがいい」

タトゥー男がラジオを止め、戦車は静かになった。チャックは自分が閉じこめられていると確信して、急いで這うように砲塔をのぼった。ハッチを押し開ける。ハッチが開いて砲塔に跳ねかえりベルのような音をたてて、戦車駐車場で何事かが起こっていることを世界中に知らせた。

頭を突きだした。辺りは真っ暗闇で地獄のように恐ろしい。戦車駐車場に麻薬捜査官がいないか探る。どこにいてもおかしくないのだ。**誇大妄想になりかけてるぞ。**

だれにも邪魔されずに酸素を吸いこみ、砲塔からすがすがしい空気の中に転がり出た。キャタピラ防滑具の上に立つと、背後でハッチが音をたてて閉まった。地面に飛び降りる。あとは迷路の中でしつこく追いかけてくるテントと影、背筋の凍る物音を振りきって、スナイパー用テントに逃げこんだ。

チャックは出入口フラップを勢いよく開き、簡易ベッドにばったり倒れた。するとまた不安になってきた。**これは戦争だ。家から何千キロも離れた戦争の真っ只中にいるんだ。ここでは敵が自分を殺そうとしている。みんなが眠っているあいだも、敵はわれわれを皆殺しにしようとしている。なのにそれを気にしているのはオレしかいない。**チャックはテントを出て、夜間任務についている警備兵を見まわった。

防衛境界線をふたまわりしたところで、新鮮な空気のおかげで頭がスッキリしはじめた。チャックは簡易ベッドに這いのぼった。眠りに落ちたが断続的に悪夢から目覚める。悪夢の中の敵は、牙をもつ恐ろしい形相の共産主義者だ。笑いながら、短剣やAK-47アサルトライフルを振るって襲いかかってくる。チャックは走って撃って殺しまくった。

32 決死の宙乗り

チャックの2度目の派遣任務も残すところわずかになったころ、チャックは分隊長のマーク・リンピックから、威力偵察部隊《フォース・リーコン》のチームと4日間行動をともにする単独派遣任務をいい渡された。フォースリーコンは米海兵隊の精鋭部隊で、敵前線後方での情報収集を担っていた。この時は西の国境をまっすぐ越えてラオスに入る予定だった。それまでの多くの任務から、チャックにとっては馴染みのある地域だったが、それでも故意に国境を越えたことは一度もない。

「今日1700時に滑走路で落ち合ってくれ。それから軽装で行けよ」マークがいった。

予定どおりの時間に、チャックは滑走路で5人組のチームを見つけた。みな顔を黒く染め額にハチマキをして、記章も名前もついていない作業服を着ており、邪悪な印象の短銃身自動小銃、CAR-15カービンと大量の弾薬を携帯している。本格的な装備だとチャックは思った。**分隊長のいうとおりに、連中は軽装で行く気だ。**

ひとりがチャックに、このチームの少尉だと自己紹介した。ヘリコプターを待つあいだ、この少尉が地図を出して任務の説明をした。チャックやほかのチームのメンバーが見えるよう、地図を高く掲げる。

「ここがこれから行くところだ」

「逆さです」チャックが指摘した。

少尉はばつの悪そうな顔をして、北が上になるよう地図を半回転させた。説明を続ける。

「国境近くの3層林［3種類の高さの植生層］ジャングルに、爆撃による穴を利用してわれわれのために着陸帯が3か所設けられている。それぞれが1キロほど離れている。ここと、ここと、ここだ」少尉は地図に記された3か所の着陸帯を指差した。「われわれは日没直前に着陸帯1に降下する。3日後の早朝、着陸帯3で回収される」

パタパタパタパタ。CH-46「シーナイト」輸送ヘリが、午後の太陽の中から飛んできた。底面から空の補給品用ネットを下げている。着陸帯に到着すると、ヘリはネットが地面から30センチくらいの高さになるまで降下し、プロペラが起こす気流の乱れの中で、ゆっくり回転した。

風に立ち向かいながら、チャックは不思議に思った。**なぜオレたちは、この補給用ヘリの横で突っ立ってるんだろう？　オレたちのヘリはどこなんだ？**

「飛び乗れ！」少尉が大声をあげた。

フォースリーコン・チームのメンバーは、あたかもアミューズメントパークの乗り物のように、ネットに這いのぼった。

こんちくしょう！　こいつは昔ダナンであの可哀想な海兵隊員が訓練してたやつじゃないか。

少尉は、オレが訓練済みだと思いこんでいるのにちがいない。話し合うには遅すぎた。チャックは動きまわるネットをつかんで、その上に乗った。ヘリの上昇とともにネットを必死で握りしめる。足下を見ると、スナイパー用テントがあった。チャックのわが家だ。マーク・リンピックなどのテント仲間がその外に出て、上空のチャックを指差してケタケタ笑っている。

ヘリから30分近くぶら下がっていたが、チャックには何時間にも思えた。するとヘリのエンジンが出力を落としたのが音でわかった。間もなく地面に降りることになるだろう。敵に見られないといい、と思った。ネットが地面に近づいた瞬間、チャックとチームは地面に飛び降り、ジャングルの弾除けになる場所に向かって全力疾走した。その後は、下生えをかき分けながら少尉について走りまわり、ようやく暗くなって前進を止めた。チャックは彼らの隠密行動に感銘を受けた。スピードを出していても物音をたてることはない。

夜の準備をしていると、メンバーが急にささやきはじめた。

「クソ。あの安全ストラップに真っぷたつにされるところだったぜ」ひとりが背中をさすりながらいう。

「安全ストラップって?」チャックが尋ねた。

「君はストラップをしていなかったのか?」少尉が聞いた。

チャックはかぶりを振って笑った。

「ええ、ストラップのことをだれも教えてくれなかったので。ついでにいうと、ほかのこともまったく」

リーコン・チームは笑ったが、チャックは**オレが落ちてぺしゃんこになっていたら、きっと笑っていられなかったはずだ**と思った。

少尉はふたたび地図を引っぱりだした。チャックはそれを少尉の肩ごしに見る。ラオスに入ってすぐのところに円が描かれていた。少尉は残りの任務を説明した。この円の中に村があり、そこで大規模な北ヴェトナム軍の集団が目撃されている。彼らはその集団を見つけて偵察することになっていた。

日が昇るとすぐ、チャックとチームは夜過ごした場所を離れ、1日の大半をかけてジャングルの中を移動しながら捜索した。チャックはまたもや、彼らが下生えを音を立てずに移動するので感心した。ふつうの歩兵は7月4日の建国記念日にメインストリートを行進する高校のブラスバンドのように、ドスドス歩く。それとはえらい違いだ。

夕方近くに目的の村が見つかったので、村から500メートルあまり離れたよい隠れ場所に落ち着いた。ここからなら村の中の北ヴェトナム軍を安全に監視できる。

3日目にはチャックにも、北ヴェトナム軍をひとりの将校が仕切っているのがわかった。この将校がしょっちゅう小屋から出てきて、ニワトリのように気取って歩きまわり、声を張りあげて命令している。チャックはこの将校を標的と決めてかかり、チームの近くの灌木の中に高くなっている場所を見つけると、そこにうつ伏せになっていた。そうしていると将校の小屋の正面がよく見える。難しいことはないだろう。出てくるのを待って狙撃すればいい。あとは少尉のゴーサインを待つだけだ。

その日の午後、少尉がチャックとチームに出発の準備をするよう命じた。

「では、あいつをいつ撃つんですか？」チャックが質問した。

「あいつもほかのだれも撃つ予定はない」

チャックは当惑した。もし狙撃任務でないなら、なぜ派遣されたのだろう？

少尉はチームに告げた。

「回収のため着陸帯2に向かう」

「少尉は着陸帯3で回収といっておられました。地図上で示して」チャックがいった。

少尉は顔をゆがめた。判断に迷っている様子だ。

「少尉、失礼は承知ながら、自分は着陸帯3に行きます」とチャック。

ほかのメンバーも同意し、少尉にうなずいた。

少尉はため息をついた。

「よし、そっちに行こう」

リーコン・チームは、少尉を先頭に1列になって出発した。一行は小さな谷に出た。ここまた地図を取りだして、少尉がいった。

「この谷の真ん中を渡ると、すぐ向こう側に着陸帯3があるはずだ」

「少尉、地図を見せてもらっていいですか？」チャックがいう。

少尉は目をパチクリさせながら、地図をチャックに渡した。

「着陸帯3は、少尉のおっしゃる場所にはありません」チャックは地図を指した。「ここの隣の台地の上にあります。それに谷の真ん中を渡れば、ケツを撃たれることになるでしょう。丘の斜面を横切るほうが賢明です。そっちのほうが遮蔽物が多いでしょうし」

「わかった。君はここの地理に明るいようだ。そっちに行こう」と少尉。

翌朝、チャックとチームは着陸帯3に近い灌木のあいだで目覚めた。身を隠したままCH-46ヘリの到着を待つ。チャックはヘリのローター音を聞いて、帰りにネットに乗ることを思い歯ぎしりしたが、少なくとも今度は安全のためにストラップを締めることになりそうだった。

ヘリが現れた。ネットがない。チャックは小躍りしそうになった。ヘリが着陸し後部扉を開いた。チャックとチームはそれに向かって駆けだし、飛び乗って文句なしの撤退をした。

アンホアに戻ってから、チャックはマーク・リンピックに文句をいった。

「ああいう任務には、もう二度と派遣しないでよ。あの少尉は地図の読み方がちっともわかっちゃいない」

マークがにやりとした。

「だからお前が送られたんだよ」

33 職種替え

チャックの2度目の派遣任務もあとわずか2週間となった。海兵隊の規定では、3度目の派遣任務でスカウト・スナイパーを続けることはできない。そのためチャックは2週間後にヴェトナムと永遠におサラバすることを受けいれていた。帰休後には、軍での残り時間をアメリカ本土で、何やらわからないことをして務めあげることになるだろう。

まずはアンホアに呼び戻されて、派遣期間が終わるのを待った。相棒の観測手、ジョゼフ・ウォードは、見送るためにチャックを待つヘリコプターまでついてきた。

プロペラが起こす風に立ち向かいながら、チャックは仕方なくライフルをウォードに渡した。騒音に負けじと怒鳴る。

「オレのかわい子ちゃんを大事にしてくれよ!」

そしてくるりと背を向け、ヘリコプターに乗りこんだ。

アンホアでは、志願して残りの2週間のあいだ夜間警備の任務にあたった。微光暗視装置《スターライトスコープ》を装着したM14アサルトライフルで、さらにふたつの戦果を記録した。

自分の確認戦果の総数が１０３であるのはわかっていた。わかっていなかったのは、それで米海兵隊最強のスナイパーになったということだ。

チャックはこの2週間を過ごすうちに、ヴェトナムを離れる心の準備ができていないのに気づいた。そのため3度目の派遣任務を再志願し、ダナンに拠点を置く第11海兵航空団のヘリのドアガンナーに応募した。

故郷への旅は前回とほぼ似たようなものだったが、その経験から期待できることと無視すべきものを心得ていた。家族と水入らずで過ごし、前回とまったく同じ経路でヴェトナムに戻った。チャックはダナンに舞い戻ると、第11海兵航空団の複合施設に出頭して、ヘリのドアガンナーという新しい職務を得るために面接を受けた。だが従軍牧師でもある将校は、チャックの以前の職種がスナイパーだったために、ガンナーにすることに懸念をいだいた。むやみに銃をぶっ放して地上の罪のない市民を撃つのではないかと恐れたのだ。チャックはこのポジションに就けなかった。彼は不採用になったのも残念だったが、自分に起こらないとわかっていることを理由にされたのがとりわけ心外だった。

第11海兵航空団司令官のもとに出頭したチャックは、複合施設の警備の指揮を執る「警察長官」に任命された。警察力をもって取り締まる役割で、管轄は複合施設から空港、小さな刑務所にまでおよぶ。この刑務所には度を過ぎて飲んだり乱暴を働いたりした兵士が収監されていた。チャックはこの仕事もそれにともなう責任もさほど好きではなかった。騒ぎを起こした者には寛大だった。憂さ晴らしが必要なのを理解していたのだ。たいてい帰国するよう説得し、刑務所送りから救ってやった。

新しい仕事は最低最悪だったが、それにともなう役得は若干あった。将校がヴェトナム国内やほかの国へ視察に行く際に、警護のために同行する機会がたびたびあったのだ。

ある時などは、大尉とともに派遣されてタイへ飛んだ。大尉は基地での仕事があり、チャックを後ろに控えさせて、その日は将校の仕事をしてまわった。

1日の終わりに、大尉がいった。

「ここでの仕事は済んだ」

「これからダナンに飛びますか、大尉?」チャックは尋ねた。

「いや。ストレスがたまることばかりで、喉が渇いたよ。将校クラブで一杯どうだね?」

「それはいい考えです、大尉。けれどご存知のとおり、自分はそこに入れません。下士官兵ですから」

「問題ないよ」大尉はブリーフケースの中に手を入れた。そして予備の大尉の線章一対を取りだしてチャックの襟に留めると、ついでにシャツのしわをのばした。「さあ、行こう」

〝おっとと〟クラブに入ると、見覚えのある大尉がテーブルにすわっていた。チャックは最初の派遣任務の時この人物の下にいたことがある。

「やあ、マウィニー**大尉**」将校が声をかけてきた。

チャックには正体がバレたのがわかっていた。将校を装うのは牢にぶちこまれる重罪だ。

「お久しぶりです、大尉」とチャックは答え、警護対象の人物に従ってバーに向かった。

その大尉はそのまま見逃してくれたので、チャックを好ましく思っていたのにちがいない。

34 ヴェトナムよ、さらば

3度目が最終となる半年の派遣任務を終えたあと、チャックはヴェトナムに最後の別れを告げた。サンディエゴのキャンプ・ペンドルトンに戻り、ここで与えられた仕事は訓練教官だった。毎朝まだ暗いうちに新兵をたたき起こし、1日中厳しい訓練で体力の限界を試すのは苦にならない。だが、その際に新兵を怒鳴りつけなければならないのは性に合わなかった。

ある日チャックはたまたま食堂で、ヴェトナムで上官だった中隊長と再会した。

「マウィニー、ここで一体何をしている?」将校が尋ねた。

「訓練教官です、中隊長」

「なんだって? どうして射撃場に出て、お前の射撃術を伝授していないんだ?」

チャックは肩をすくめた。

「海兵隊から理由は聞かされていません。中隊長」

「どうなっているか調べてみよう」

それから間もなくチャックは、キャンプ・ペンドルトンのライフル射撃場の射撃術予備訓練教官（ＰＭＩ）に再任用された。ここでは、三等軍曹という階級と専門技術のために、射撃場の教官を管理する立場になった。チャックは自分がいちばん好きな射撃に戻れて幸せだった。

ある日、チャックはＭ16アサルトライフルにかんする座学の講師として、海軍の少尉候補生のクラスに派遣された。この講義のあいだ、彼は折りに触れて質問はないかと尋ねた。ひとりの候補生が手を上げると、チャックはその候補生を指していった。

「いいぞ、そこのお前《アスホール》」

海兵隊員は一般的にこういうふうに仲間を呼ぶ。

この講義中に、海軍の高級幹部が何人か入室し、腰を下ろして参観しはじめた。チャックは少尉候補生からの質問に応じるたびに、「お前」を使いつづけた。

休憩時間に将校のひとりがチャックに近づいてきた。

「マウィニー、君のこのクラスでの仕事は大したものだ」

「ありがとうございます」

「ひとつだけいっておく」将校は声をひそめた。「この中には米海軍将校になる者もいる。だからお前より候補生と呼ばれるほうが気分がいいんだ」

「了解です」チャックはそう答えながら思った。**言葉遣いには気をつけよう。**

将校はすわって参観を続けた。

次の区切りの締めくくりに、チャックはまたもや質問はないかと聞いた。ひとりの候補生が挙手した。チャックはその青年を当てると、思わず口にした。

「いいぞ、そこのお前」**しまった。**チャックはあわてて将校を見た。

将校はかぶりを振ると、同僚とともに部屋を出ていった。

海兵隊の流儀はなかなか変えられず、チャックは候補生を「お前」と呼びつづけた。

◉

ヴェトナムでの戦力縮小にともない、海兵隊は兵士の早期除隊を認める方針を発表した。ただし、兵士が海兵隊に対し借金や果たすべき義務がない場合にかぎってだが。

というわけで1970年8月1日、当時三等軍曹だったチャック・マウィニーは、ダッフルバッグに帰郷のための荷物を詰めこんだ。荷物の中には、退役証明書（DD214）、戦闘功労つき青銅星章、海軍功績章、戦闘功労つき海軍賞賛章、ヴェトナム共和国椰子葉付武勇十字章、パープルハート勲章ふたつが入っている。

チャックは海兵隊に別れを告げると、高速仕様《ホットロッド》に改造したポンティアックGTOで騒々しく基地を出発した。前を見て後ろをふり返らずに、ほとんどノンストップでレイクヴューまで突っ走った。

それからすぐ職探しを始めた。最寄りの米森林警備隊の詰め所に行って事情を申し立てたのは、野外と機械の運転、ディーゼル燃料のにおいがたまらなく好きで、その職場では職員が野外で大型機器を扱っていたからだ。毎日通いつづけるとついに臨時雇いになり、土木課に配属され図面作成などの作業で測量班を手伝うようになった。その後、念願の正式採用になるために、土木技術の試験を受けて合格。得点は、85点にパープルハート勲章の退役軍人としての10点を加算した95点だった。チャックは正規職員となり、かくして米森林警備隊でのキャリアをスタートさせることになった。

その後その年のうちに、チャックは道路班に異動した。レクリエーションと木材の切り出しのために、森林内の道路の補修を担う部署だ。チャックはブルドーザーなどの重機を動かすのが好きだった。林野部はそれをブルーカラーの仕事と考えていたが、賃金は公務員の一般俸給より高い。

チャックはまた冬にレイク郡に雇われて、夜間の除雪作業をした。目のまわるような忙しさで、そうした日々を気に入っていた。

ところがその後……。

35 チャック、PTSDの治療法を見つける

チャックは悪夢を見はじめた。逃げた男が、あのぞっとする黒い目で今もにらみつけてくるような夢だ。

チャックは「殺すべからず」など、十戒の教えを守るよう育てられた。それなのに10代の海兵隊員として殺しのライセンスを与えられた。戦友のむごい殺され方を見たあとは、何がなんでも仕返ししてやりたいという思いに駆られた。チャックは19か月にわたる2度の派遣任務を、人殺しをして過ごした。サイトに敵の姿を何百回となくとらえて、その人間を生かすか殺すかの決断を迫られる。そこには究極の興奮があった。究極の狩りと命を奪う行為、そして究極の報復である復讐。未確認の戦果をふくめると、週平均で4人を殺害していた。この数字はほとんどの中隊の週平均を上まわる。

その一方で、敵に捕まったアメリカ軍のスナイパーがどんな仕打ちを受けたかを聞いていた。チャックの評判は高かったので、敵はマウィニーという名も、同国人の仲間が何人その弾丸で頭蓋骨を貫かれて死んだかも承知していただろう。アンホアで海兵隊員のために砂嚢に砂を詰め

ていたヴェトナム人の子供の中に、ヴェトコンのシンパがいたら殺されていたかもしれない。チャックの首には高額の懸賞金がかかっていたはずだ。

連日連夜、戦闘に身を置く中で、どの弾丸あるいは地雷で、体の一部、いや命を失うかもしれなかった。

家に生きて帰れると思ったことは一度もない。

今レイクヴューに戻っても、自分が経験したことを理解できる者はいなかった。どう感じているのかをほんの少しでもわかる者はいない。そのためその思いを自分の中に封じこめた。だれにも話さない。家族にさえも。だれひとりとして。

◉

チャックは変化と林野部での昇進の機会を求めて、ワシントン州のオリンピック国有林に移り、キルセンという小さな町の近くで道路を補修することにした。寝袋と衣類を詰めこんだスーツケース1個、半ケースのビールを愛車のダットサン204Zに積んで、あっという間の移動だ。

事務所に顔を出したあと、住む場所を探しにいき、最初に目についたビアホールのウィッスリング・オイスターに入った。ここでジョーという男に出会い、部屋を貸してもらえることになった。チャックとジョーは、ビール、速いクルマ、セクシーな女など、似たような興味を通じて意気投合した。

チャックは森林で働き、重機の運転と保守を始めた。無限軌道式トラクター、地ならし機、油圧ショベル。彼は人気があり尊敬されていた。毎朝遅刻せずに出勤して仕事もできた。

夜の顔はちがう。5時になると、チャックはまるで1日中働いたジキル博士のように車に駆けこむ。バックしながらバックミラーを見ると、ハイド氏が不遜《ふそん》な笑みを返した。チャックはビールと友人を求めて、ウィッスリング・オイスターに急いだ。そこには女の子もいた。当時は1970年代、自由恋愛の時代だ。チャックは女の子とじゃれ合い、時にはうまいことやった。そうでないときは、飲みつづけて最後に店を閉めた。

平日の朝は出勤のために早起きした。たいていひどい頭痛にみまわれながら、叩きつけるような雨の中を車に向かって走っていく。激しい雨はヴェトナムのモンスーンを思いださせたが、こちらのほうが冷たい。キルセンは年間1400ミリの雨で水浸しになっていた。嵐に向かって車をバックさせながらバックミラーを見ると、うれしそうなハイド氏ではなく、険しい顔つきのジキル博士がチャックを見返した。

ウィッスリング・オイスターには行かないと心に誓った朝もあったが、時間が経って午後5時になると、ハイド氏が居酒屋に向かってアクセルを踏んでいる。

ある日デニスから電話がかかってきた。この幼馴染はまだ陸軍にいてワシントンのフォート・

ルイスに配属されており、この時は除隊してオレゴン州に戻る直前だった。結婚して家族が増えつつあるデニスは、多くなりすぎた車をもて余していた。V型8気筒のフォードモデルAロードスターの改造が完成間近だったが、その置き場所がないという。チャックはその車について考えてみた。出費を無理に増やす必要はなかったし、その車のためのガレージもなかった。それでもキルセン周辺では、イカした外見で飛ばす車の持ち主が女の子にモテるのを知っていた。改造車《ホットロッド》の座席に女の子を乗せられるだけ乗せて、町中を走りまわる自分が目に浮かぶ。

「デニス、その程度の問題なら力になれるよ。ここにもってきて、ふたりで細かい作業をしよう」

というわけで、最初の冬が終わって寒さが緩み、雨の勢いも弱まったころに、デニスはホットロッドをチャックの家にもってきた。

夏になると、チャックとジョーは週末にホットロッドの仕上げと整備にとり組んだ。チャックはだれかがヘマをして車をぶっ飛ばしたくなるときにそなえて、エンジンのチューニングを続けた。彼はどちらの車のハンドルを握るときも、ビールを1本膝にはさんで狂気じみた運転をした。奇妙に白い顔をしたハイド氏がしがみつき、ジキル博士を追い抜いていく。

そんな金曜の夜に、チャックはホットロッドを飛ばしていてクラッチを焼きつかせてしまった。クラッチを売っている部品販売店は、いちばん近くても75キロほど離れたポートアンジェルスにしかない。しかも下取りとして古いクラッチをもっていく必要があった。クラッチをとり外すのにはやたらと時間がかかる。案の定、チャックとジョーは土曜の朝早くから夕方近くまでかかって、クラッチを地面に下ろした。

チャックは時計を見た。閉店まで45分しかない。

古いクラッチをもって、ふたりはダットサン２０４Ｚに飛び乗った。チャックはアクセルを思い切り踏みこむと曲がりくねった道を果敢に攻め、見通しの悪いカーブで車を次々と追い越した。接触すれすれの捨て身だ。死を恐れぬ運転で35分後に到着した。

ジョーも向こう見ずで腹のすわったところがあったので、このドライブを楽しんでいたかもしれない。でなければ、自殺しようとしているように思える狂人と心中するかもしれないと、恐怖を覚えていただろう。

チャックとジョーは、大都会シアトルにもスリルを求めて何度か爆走している。シアトルは海軍の町だった。海軍の船が港を出入りし、バーは若い連中でごったがえす。巨大な攻撃艦が港を出ると、チャックとジョーは涙目の恋人や妻の手頃な救護要員になった。物わかりのよいロミオたちが飲み物を勧めて、悲しみを紛らわすのを手伝うというわけだ。

放縦な生活と悲惨な雨の3年間を過ごしたあと、チャックはオレゴン州が恋しくなった。オレゴンでの生活はもっと落ち着いていて、太陽が輝くこともある。チャックは職場をユージーンの西にあるサイユスロウ国有林に移し、間借りした小さめのロッジに引っ越した。このロッジはオレゴン州の辺鄙《へんぴ》な小さな町、メープルトンからサイユスロウ川をさかのぼって10キロほどのところにある。地元の若者の常連が集まる居酒屋も1軒あった。そこでは依然として、1970年代の山間部にいたヒッピー娘と自由恋愛が存在していた。もちろん、ハイド氏も車に同乗した。

チャックのメープルトンでの仕事は、道路整備監督の助手だった。重機の運転や修理をして、森林の中と周囲の砂利道を整備する。監督はすぐ昇進したので、チャックが、この班の10人を超える部下をかかえる身になった。

ロビン・フッド（チャックはホントにそういう名前だったと思っている）という若い事務員がいた。彼女は両親とともに、チャックのロッジから3キロ離れた川の下流の対岸に住んでいた。チャックは惹かれるものを感じていたが、ロビンは若すぎた。実のところ、まだ法律で飲酒を禁じられている年齢だったのだ。チャックはしばらくかかわらずに、ロビンが少し大人になるのを待っていた。

だがある暗い雨の夜、ロッジにひとりでいたチャックはロビンのことを考えはじめた。それでロビンに電話して、自分の家に来て夜を過ごさないかと聞いた。彼女は乗り気だった。興奮して、しかもある程度ビールを飲んでいたので、チャックは行きと同じ方法で戻って来るなら、迎えにいくと伝えた。この時も彼女は乗り気だった。

暗闇の中を3キロ下流まで車で行き、川のそばに駐車すると、ロビンの家の玄関の明かりが川向こうの雨の中でちらちら光っている。チャックはシャツと靴を脱ぎ捨てて川に飛びこんだ。**しまった！** 水は氷のようだった。流れを突っ切ろうとして力のかぎり泳いだが、過ちを犯したことに気づいた。力が尽きつつあった。冷たい川はいまにも彼を呑みこもうとしている。ひょっとしたら死ぬかもしれない。

いや、それがチャックの望みではなかったのか？　その時までずっとみずからの命を棄てようとしていたのではないか？

ちがう、死を望んだわけじゃない。むしろ死が怖くなかったのだ。今、チャックはなんの変哲もない小さな川で溺れようとしている。

チャックは岸にたどり着いた。その夜が命日になることはなさそうだ。滑りやすい土手をのぼりながらクロイチゴの灌木をとおり抜けると、カミソリのように鋭いトゲが引っかかった。

チャックは片足を引きずりながら砂利道に出た。

ロビンの母親が応対に出た。母親はこの見知らぬ人物が、車を川に転落させたと思いこんでいたので、家の中に招きいれた。チャックは敷物に水と血をしたたらせながら家に入った。ロビンに会うために川を泳いできたと説明する。

「ロビン！　ここにあなたに会いたいという人が来てるわよ！」母親が2階の娘を大声で呼んだ。

ロビンが階段の上の自室から現れた。小さな旅行カバンをもっている。チャックを見ると目を丸くして部屋に戻った。

母親がチャックに体を拭くタオルをくれた。ロビンははずむように階段を下りてきた。旅行カバンをごみ袋で包んでいる。チャックと一緒に泳いで戻るつもりだ。

チャックは感心した。母親は心配した。それでもロビンがバイバイと手を振ったので、チャックは彼女についていて川の上流に向かった。ふたりは真っ暗な中を100メートルほど歩いて、土手から転げ落ちそうな釣り小屋があるところまで来た。ここから泳げば停めた車があるはず、とロビンがいう。

ふたりは川に飛びこみ、凍えるような水の中を笑いながら必死で泳いだ。岸に上がると、ロビンがいったとおりの場所に出た。

チャックは運命の人と出会った。ロビンは逃すことのできない相手だった。

36 山男とわな猟

ふたりはメープルトンで式を挙げた。しばらくするとこの町で、ふたりの男の子が家族にくわわった。

1981年、チャックはワロワ・ホイットマン国有林に職場を移し、住居をオレゴン州ベーカーシティに定めた。ここをとり囲む山々はスイスのアルプスを思わせる。地元の居酒屋、アイドル・アワーもすぐ見つけたが、それと同時に家族への義務もおろそかにしなかった。家族にもうひとり男の子が誕生した。

チャックはこのアイドル・アワーという、製材所の労働者が集まる小さな居酒屋を気に入っていた。1985年にはここでジョージ・ギルに出会った。ジョージは名うての偏屈ガンコ親父だった。チャックが思うに、年齢は55歳ぐらい。過ぎし日のひねくれた山男を彷彿《ほうふつ》させる。チャックはそのガラガラ声と冷徹な青い目に引きつけられた。

ジョージはビールを飲みながら、チャックに自分は政府のわな猟師だと打ち明けた。

チャックはわな猟に興味津々だった。彼は知っていた。わな猟で成果を出したければ、動物がどこで活動するか見極めてわなに誘わなくてはならない。ちょうどヴェトナムで自分がやっていたように。わな猟に挑戦してみたいと思ったので、老練のジョージを質問攻めにした。的を射た質問だったのにちがいない。ジョージがチャックに好感をもって、わな猟について語ってくれたからだ。ベーカー郡で自分がどれほどボブキャットとコヨーテの数を抑制しているか、とか、子ヒツジほど大きな家畜もボブキャットの被害に遭っている、とか、子ヒツジやヤギ、子ウシが群れで襲ってくるコヨーテに食い殺されている、とかいう話を。

「ヤツらが、年とった母ウシにまでかじりついているのを見たことがあるぞ」とジョージ。

「すごいな、ウシは大きいじゃないか。自分で身を守れないのか？」とチャック。

「すわって出産しているときは無理だな」

ある日チャックはアイドル・アワーで、ジョージからわな猟に行こうと誘われた。翌週の金曜日には夜明けにジョージの家で待ち合わせて、ジョージの古びたフォードに勢いよく乗りこみ、山に出かけた。フォードには強烈なにおいのするわなと毛皮が詰めこまれていた。老練なジョージは、チャックにぶっきらぼうに念を押した。わなのある場所に着いたら質問を控え、よく見て覚えること。この金曜のわな猟活動は、週に1度の恒例行事になった。ふたりは互いをよく知るようになるにつれて、自分の狩猟話を語るようになって多くの共通点を見出した。

そんなある金曜日、ジョージとともにわな猟をしていたチャックは、コヨーテが広々とした土地を走っているのを見て、あることを思いついた。

「なあジョージ、オレがこのイヌっころを銃で仕留められたら、わなを多少とも節約できるよな」

「このチビ助が走っているときに、撃てると本気で思ってるのか？」

翌週の金曜日、チャックは・22‐250レミントン弾［害獣退治に適している］使用のライフルをもってきた。ふたりは夜明けとともに小型トラックを降りた。と、チャックが目ざとくコヨーテを発見した。200メートルほど離れた牧草地を全速力で横切っている。チャックがコヨーテに近づいて弾丸を放つと、その勢いでコヨーテはくるりと一回転した。

ジョージはウールの帽子を脱ぐと、頭を掻いた。

「なんてこった」

春が来ると、母コヨーテが子供とともに巣穴に缶詰状態になってしまうので、わな猟がしにくくなった。そのためジョージが木曜までに巣穴を探しておき、金曜に、巣穴を目でも耳でも確認できるところまでチャックを案内して、その付近に隠れる。ジョージが笛を吹く。すると骨まで凍りつくようなウサギの苦痛の鳴き声がして、ご馳走にありつけると思った母コヨーテがおびき出される。チャックがコヨーテにとどめを刺す。時にはほかのコヨーテが、誤って「ウサギ」のご相伴に与ろうとして姿を現すことがあった。するとチャックとジョージは、ひとつの巣穴で何匹も駆除することになる。その後、ジョージは巣穴にガスを充満させて、子供たちを永遠の眠りにつかせる。春のコヨーテの毛皮は状態が悪いので、狩人たちは死骸をコンドルに残して、別の巣穴に移っていく。

秋には、コヨーテはみな巣穴から出てうろついているので、ジョージはまたわなを使った。わなの確認は毎日行なう。毛皮はよい状態になっているので、ジョージはその場で皮を剝いだ。金曜日にはチャックが手伝った。ジョージの手にかかると、皮は簡単に剝げるように見える。だがチャックが初めてやったときは20分かかった。間もなくジョージのコツを習得したチャックは、この工程を3分に縮めた。ジョージの家に戻ると、一緒に毛皮を枠組みの上に広げ、ガレージの外壁に干した。

◉

1997年、48歳になったチャックは退職した。米海兵隊での従軍期間をふくめて、連邦政府のために働いた期間は30年におよぶ。時間はあり余るほどあったので、自分でもわな猟をしようと決意した。チャックはわな猟の免許を取得したあと中古のわなを購入し、オレゴン州ダーキーを見下ろす山々に登って、ボブキャットを捕まえられるかどうか試してみた。

数週間わなにボブキャットが1匹もかからなかったので、チャックはジョージに、同行してどこが悪いのか見てくれるよう頼んだ。わなを仕掛けた谷に到着すると、ジョージはわなを設置した場所を聞いた。チャックは谷の上を見まわしながら10数か所を指差した。ジョージはにやりとするといった。この地域全体でわなは1個しか必要ない。もうすぐ雪が降るだろうからそれを待って、ボブキャットの足跡を追い、行き先と習性を確かめればいい。

次に雪が降ったあと、チャックは山の斜面に続くボブキャットの足跡を追跡して、その習性と隠れ場所を記憶にとどめた。わなを1個仕掛けると、2日後にはボブキャットがかかっていた。

チャックは息子3人を、わな猟と狩猟の冒険に参加させはじめた。息子たちには自分がフォフォから習ったように、みずからの感覚を使うことを教えた。そして追っている獲物の習性を学ぶことも。

「獲物と同じように考えるんだ」

その後、毛皮の値段が下がり、時を同じくしてガソリン価格が上がった。わな猟を続ければ採算が合わない。チャックとロビンはこの稼業から手を引いた。それでも一家は狩猟と釣りをやめなかった。

ジョージはチャックの父親のような存在になった。ふたりは狩猟の相棒となり、その関係は2007年6月にジョージが76歳でこの世を去るまで続いた。

37 ジョーの暴露

1993年に話を戻そう。ヴェトナムで最後の観測手だったジョゼフ（ジョー）・ウォードから、チャックに電話がかかってきた。『ママへ　あるスナイパーのヴェトナム戦記 *Dear Mom : A Sniper's Vietnam*』という本を出版したとき、ふたりで組んでいた時期に触れたのだという。チャックは面食らって狼狽した。これまで人生のこの部分を胸に秘めていたのに、いまやそれが暴露されつつある。その結果を警戒したのだ。

それからウォードは取り乱した口調でチャックに告げた。海兵隊のスカウト・スナイパーをテーマにしたシリーズ本『彼方からの死 *Death from Afar*』の共著者が、チャックの確認戦果が101に達しているというウォードの主張に異を唱えていると。世界的に有名な海兵隊のスカウト・スナイパー、カルロス・ハスコックは93の最多記録を保持している。この議論から軍関係と射撃の界隈で「カルロス・ハスコックより多い確認戦果を主張するチャック・マウィニーとはどんなヤツだ」という論争が巻き起こっているというのだ。

ウォードは、101という数は正しいかと聞いてきた。

チャックは、それはまちがいで正しくは103だと伝え、自分のライフルをウォードに渡してから、アンホアに戻り、そこで確認戦果をふたつ増やしたのだと説明した。

それからすぐ、例のスナイパー・シリーズの共著者のひとり、ノーム・チャンドラーからチャックに電話があった。彼は、ジョー・ウォードの101という数字は事実に反すると主張した。

チャックは同意し、チャンドラーを驚かせた。

チャックが正しくは103だと伝えると、チャンドラーは疑念を表明した。

誠実さを疑われるのに慣れていないチャックは、口の中が酸っぱくなった。彼は冷静に、戦時の分隊長だったマーク・リンピックに問い合わせたらどうかと勧めた。マークならチャックの記録がまちがいないと請けあってくれるだろう。

それから3年後の1996年、スナイパー本を何冊か書いているピーター・セニチからチャックに電話がかかってきた。次作の『1発の戦い *The One-Round War*』のために調べ物をしていて行き着いた新聞記事に、チャックと彼の確認戦果をめぐる論争が取りあげられていたのだという。チャックはこの時も数字の正しさを保証した。セニチはその言葉を信じたが、本のためには裏を取る必要がある。そこで米海兵隊の文書班とのコネを利用して、確認戦果103が記されたチャックの戦果シートをその目で確かめた。

セニチはこの発見を、『精密射撃《プレシジョン・シューティング》』誌の質問コーナーで明らかにした。このコーナーではまた、チャックのスナイパーライフルが見つかったことにも言及している。このライフルは退役となり、海兵隊の武器係のエリック・リードのもとに送られて修復された。そしてその当時は、クワンティコの米国立海兵隊博物館に展示されていた。

同じ年、チャンドラー兄弟が5冊目のスナイパー・シリーズ本を出版し、チャックの確認戦果103が、カルロス・ハスコックの93をしのいだ最多記録であることを認めた。

チャックは公式に海軍最強のスナイパーとなった。

その後1996年のうちに、チャックははじめて公の場でのスピーチを要請された。公の場というのは、ヴァージニア州クワンティコにある海兵隊スカウト・スナイパー・スクールの修了式だ。チャックは緊張しながら、修了生とその家族の何百人という聴衆の前で話をした。式典後には、チャンドラー兄弟と顔を合わせた。3人のあいだの遺恨は、ヴァージニアの風にふき飛ばされた。

1997年の春、チャックはまたもやスピーチを頼まれた。この時はニューメキシコ州ラトゥーンのホイッティントン・センターで全米ライフル協会が主催した国際狙撃競技大会の主賓としてだ。大勢の前でも緊張しなくなったチャックは、遠距離射撃について話し、ドイツ、オーストリア、チェコスロヴァキアなどの国々から来て、最高の成績を出した選手に賞を授与した。

1997年の秋には驚いたことに、テレビのドキュメンタリー番組『銃の科学』のために、インタビューを収録させてほしいという初の依頼が来た。テレビカメラがあったのでチャックは気を抜けなかったが、主にチャックの話し上手が功を奏して番組は好評だった。

1998年1月には、新聞記者のジェイソン・ジャコビーから電話が来た。地元紙の『ベーカーシティ・ヘラルド』でチャックのスナイパーとしての足跡を記事にしたいという。チャックは承諾し、ジャコビーの質問にいつものごとく、穏やかで控えめでありながらユーモアを交えて答えた。その記事でジャコビーは、海兵隊のスナイパー時代からつい最近の退職までの半生を追った。

AP通信はこの話を拾いあげて数紙に配信し、アメリカ全土に広めた。するとすぐさまチャックの電話が鳴りだした。全国各地から、戦争で彼がしたことに感謝する電話だった。

この記事が出てから最初の金曜日に、チャックはいつものようにアイドル・アワーに行って飲み友達と合流しようとした。ところが彼らは、押し黙って彼をじろじろ見ている。話しかけようとも近寄ろうともしない。驚き当惑したチャックは考えた。**ヤツらはどうしてこんな態度をとるんだ？　ああ、きっとジャコビーの記事を読んだんだな。もうわかってるってことだ。ひょっとしたら、なんといっていいかわからないのかもしれない。でなければ、戦争に行かなかったことに罪悪感をいだいているとか。それともオレが過去をひた隠しにしていたせいでそういう態度なのか。オレが恐ろしくなったのかもしれん。**

チャックは人生ではじめて、ひとりでビールを飲んだ。

そうこうするうちに、自宅の郵便受けが手紙であふれはじめた。うれしい手紙もあればあまりうれしくないものもある。たとえば、ある夫婦が送ってきた手紙には、狙撃の訓練を受けた息子がひとりの男性を殺した罪で収監されていると書かれていた。それは軍のまちがいなのでどうか釈放してほしい、という手紙を仮釈放委員会宛てに書いてもらえないだろうか、というのだ。チャックは息子を心配する両親の気持ちに胸を打たれた。ただ、殺人が行なわれた状況がわからなかったので、このふたりのためにできることはなかった。チャックにとってこの家族の要望に沿えないのは辛かった。ありがたいことに、心をかき乱すような手紙は徐々に減っていき、うれしい手紙が次々と舞いこんだ。

アイドル・アワーに話を戻すと、1か月はよそよそしい雰囲気のままだった。引っ越そうとも考えた。だがそれを決めかねているうちに、友人が前のように接しはじめた。中には決まり悪そうな者もいたが、いずれにせよ元の関係に戻って、だれもヴェトナムについてあまり口にしなかったので、チャックの楽しい日々が帰ってきた。

38 名声を受けいれて

1999年の暮れが迫ったころ、チャックは『ロサンゼルス・タイムズ』紙の記者、トニー・ペリーから取材申しこみの電話を受けた。チャックは、そのような大手新聞社がなぜ自分について知りたがっているのか不思議だった。それでもペリーが遠路はるばるやって来て、チャックのキッチンテーブルでインタビューしたのだから、新聞社はどうしても取材したかったのにちがいない。

ペリーはコーヒーを飲みながら質問を繰りだしはじめた。チャックは、この記者が身の毛もよだつ戦争の話を求めているのに気づいた。チャックは物事のよい面を眺めて、どのような状況も笑いの種にすることができる。ペリーには、スナイパーは敵の狙撃以外にいろいろやっている、と語った。中隊の任務遂行のために目と耳になることも、基地に戻ってライフルの手入れをすることも、そして野外便所をガソリンで燃やすことも。

「狙撃任務と心の折り合いをつけて」と題されたペリーの記事は、2000年3月10日の紙面に掲載された。するとすぐさま国内外から興味が集まった。そしてまた電話と手紙の攻勢。うれしいものとさほどうれしくないものがあったのは前回と同様だ。チャックは電話番号を変えた。そして騒ぎが収まったころに元の番号に戻した。

◉

2000年1月、チャックはCNNから、アメリカのヴェトナム撤退25周年記念のドキュメンタリー番組に出演するよう依頼を受けた。チャックは、フェニックスの射撃大会でインタビューを収録するのはどうかと提案した。そこではヴェトナムでの狙撃について話す予定になっていた。

CNNは承諾した。インタビューはフェニックスのホテルで、スナイパーにかんする質問で始まった。チャックはすぐに、インタビュアーがスナイパーを戦争の悪者に仕立てたがっているのを見抜いた。そこでインタビューを中止して、インタビュアーと撮影班に自分の講演を聴いてみないかと誘った。

ホテルの会議室で、チャックは聴衆に『ロサンゼルス・タイムズ』紙のペリーに話したときと同じような調子で話をした。クソを燃やす部分もふくめてだ。CNN職員は後ろのほうで耳を傾けていた。

チャックの講演が終わり聴衆がいなくなると、インタビュアーは質問を再開したが、とげとげしさは和らいでいた。チャックにとってうれしいことに、このテーマにかんする彼の知識と穏やかな物腰のために、インタビュアーはいつしか味方になっていた。それは海兵隊のスカウト・スナイパーにとって重要な日となった。

◉

その後2000年のうちに、シンポジウムでの基調講演という、チャックにとって初体験の依頼が舞いこんだ。開催地はメリーランド州ボルチモア、スポンサーはオペレーショナル・タクティクス社だった。しかも聴衆の数はそれまででいちばん多い。チャックは500人の出席者に話をしながら、ヴェトナム戦争中の個人的な写真をスライドに映しだした。そしてスナイパーは、昼夜を分かたず自分の現在位置を正確に知る必要があるので、地図の読み方にいかに長けていたかを説明し、敵の動きを予測するためにどのようにしてその様子を嗅《か》ぎまわったか、一般市民を装い海兵隊員を殺そうと待ち伏せするヴェトコンをどう始末したのか、といった話をした。

２０００年冬のとある銃器展示会で、チャックはたまたま「ストライダー・ナイフ」という看板をでかでかと掲げたブースに出くわした。ストライダーは軍仕様のナイフ製造に新規参入していた会社だ。足を止めて覗くと、ブースに若い海兵隊員の小グループが配置されていて、ビールを楽しむ潜在的顧客にナイフを見せていた。

ビールがふんだんに振る舞われるときたら、チャックが引き寄せられたとしても無理はない。自己紹介が行なわれ、会話が進んだ。ビールを傾けながら互いに戦争中の話をするあいだに、若い海兵隊員はチャックがヴェトナムで戦った海兵隊員であることを知った。チャックはビールを飲み干すと、ほかの展示を見るために先に進んだ。

偶然なのかはたまたビールにつられてか、チャックはそのブースに戻ってきた。海兵隊員たちは、先ほどにはなかった尊敬の眼差しでチャックとの再会を喜んだ。チャックは一体なんのことだと不思議に思った。するとそのひとりが、コンピューターで調べたらチャックが有名なスナイパーであることがわかったのだと白状した。そのころには自分の名前がインターネット上で出まわっていることに、チャックは驚かなくなっていた。

それから杯を重ね話をするうちに、ひとりの海兵隊員が藪から棒にいいだした。

「おい、ストライダーにチャック・マウィニー・ナイフを作らせようぜ。チャック・マウィニーがヴェトナムでケーバー・ナイフを携帯していたのにならって、名前をナイフに刻んだら、何百万本と売れるだろう。もちろんチャックには売上からロイヤリティを払うことにして」

チャックは驚いた。彼らはチャックの名前でナイフが売れると考えているのだ。

ストライダーは本当にそういうナイフを作って多くを売り上げた。同社は米海兵隊スナイパー・スクール修了式で最優秀生にチャック・マウィニー・ナイフを毎回贈呈しており、それがチャックの誇りとなった。

インタビューや講演会の仕事やらで国内中を飛びまわっているうちに、人混みの中で名前を呼ばれる機会が増えたが、チャックはそのたびに面食らっていた。たとえば、ミネアポリス・セントポールの空港コンコースにあるバーでは、ひとりの男性が記憶をたどるようにチャックをじろじろ見たあげくに、大声を出した。

「あんた、テレビに出てただろう！　チャック・マウィニーだよな！」

チャックは彼にビールを何杯かおごってもらった。

チャックはそうしてみんなの注目を集めることを、喜ぶべきか嘆くべきかわからなかった。今でもそうしたことに驚いている。

◉

チャックはスカウト・スナイパーだったことで得られたあらゆる恩恵に感謝し、自分のスキルを伝授する機会をうかがっていた。２００３年には警察戦略の専門家ふたりと出会い、あることを思いついた。３人はチームを組むと、互いのスキルを組み合わせて、警官を対象に「ハイリスク・エントリー」、「人物追跡」などの有益な戦術を教えた。

39 再会

2003年6月、チャックはアトランタ展示会のストライダー・ナイフのブースにいた。自分の名誉を称えてデザインされたナイフの販促を手伝っていたのだ（このナイフは『ブレード』誌2003年8月号の表紙を飾った）。

チャックはナイフ愛好家を相手に忙しくしていながらも、若い海兵隊員たちが自分と話をするために待っているのに気がついた。

「チャック・マウィニーさんですよね」黒髪の海兵隊員が聞いてきた。

チャックはほほえんだ。

「時と場合によるがな」

いちばんのっぽの若者が、ヴェトナムの戦いはどんなでしたかと聞いてきた。

「湿気が多くて、オレたちはクソを燃やしてた。でっかいヘビがいて、Cレーションは最悪だった」

「食べ物で手に入るのは、Cレーションだけなんですか？」黒髪が聞いた。

「キャンプの外にいるときはそれがすべてさ。ただ一度ブタをバーベキューしたことはあったがな」

「それはどうして？」後ろにいたひとりが尋ねた。

チャックは、自分が仕留めた迷いブタを、どうやってヘリコプターのパイロットに運ばせてキャンプまで戻ったかを語った。そしてフォフォが地面の穴でどんなふうにブタを料理して、それがいかに美味だったのかを。

「そのパイロット、知ってます。まったく同じ話をしてたもの」黒髪がいった。

「まさか。ヴェトナムに何人ヘリのパイロットがいたかわかってるのか？」とチャック。

「それを証明してみせますよ。この展示会に来てますから。動かないでいてください。連れてきます」

チャックが残った海兵隊員としゃべりつづけていると、黒髪の海兵隊員がチャックと同じくらいの年の男と一緒に戻ってきた。男はいった。

「あんたがブタを撃ったって？」

「ああ、撃ったよ」チャックはまだ疑っていた。

「１９６９年のリバティー橋でか？」

するとチャックは興味をそそられていった。

「そうだよ。オレたちゃふたり組だった。観測手のビルとオレだ」

パイロットの顔がぱっと明るくなった。

「血まみれのブタをヘリに乗せるというので、機付長はかんかんだった。汚くするのにもほどがあると思ったんだ」

チャックは立ちあがって男と握手した。

「名前はチャックだ。その日オレたちを回収してくれてありがとう」

夜になって展示会が閉まると、チャックとパイロットはホテルのバーで落ち合い、急ピッチでビールのジョッキを空けながら、ヴェトナムの思い出に浸った。

◉

2010年以来、ロビンは折に触れてマーク・リンピックの助けを借りながら、4度にわたるスナイパー再会のお膳立てをしている。

初回はロビンからチャックへのサプライズだった。チャックは喜んだ。ロビンとマークは、小隊のスナイパー8人とその家族をラスベガスのモンテカルロ・リゾート・アンド・カジノに招待して集合させた。

2010年の最初の再会で、スナイパーたちはカジノの会議室に集まりビールとつまみを楽しんだ。互いに顔を合わせたのは、久方ぶりのことだ。チャックは気がつくと「まだ生きてたか?」と繰り返し聞いていた。頭が白くなりはじめた命知らずの野郎どもは、大量のビールを流しこみながら、積もる話に花を咲かせた。

9年後、家族抜き、つまりスナイパーだけの再会を企画したロビンは、この小隊が戦友をひとり失ったのを知ったが、あらたに数人の仲間を探しだした。いまだに騒々しい海兵隊員のためには、多少酔っ払って大笑いしてわめいてもかまわない別の会場を探す必要があった。ラスベガスで隣り合わせの2軒の家を借りたのはそのためだ。10人のスナイパーが姿を見せた。

2012年にロビンが家族ぐるみの再会を企画したときには、あるスナイパーの息子から、自分にコネがあるフロリダ州ペンサコラに会場を移したらどうかと提案があったので、その意見を採用した。また小隊の仲間ひとりが他界したのを知ったが、この時もあらたにひとりの所在を突き止めている。スナイパーと家族が滞在したマンションの部屋は、海兵隊のパイロットが訓練を受けるペンサコラ空軍基地からそう離れていなかった。スナイパーたちはまっ先にプールサイドに集まった。ここでは思いがけず、基地から来ていた若い海兵隊航空兵と出会った。彼らは老スナイパーのヴェトナム戦争の話をおおいに楽しんだ。

会場を提案したスナイパーの息子の手配で、スナイパーと家族は自動車を連ねてペンサコラ周辺の観光に出かけた。マンションに戻ってくると、通りの両側にバイク乗りの大集団がずらりと並んでいる。チャックはキツネにつままれた気分だった。車列が減速する。老いた戦士の自動車がとおり抜けると、バイク乗りが騎兵のようにアメリカ国旗を掲げ、敬礼した。

プールのそばでバイク乗りとともにビールを飲んだとき、チャックは灰色のあごひげの男に聞いた。

「これは一体どういうことなんだ？」

「われわれはパトリオット・ガード・ライダーズといいましてね、あなた方の子供さんのひとりが招いてくれたんですよ。いつもは退役軍人の葬儀で名誉警備をしています。存命中の方の名誉を称えるのは、よい気分転換になりますね」

「死んでから見られるより、会いに来てもらえるほうがいいな」チャックはにやりと笑った。

40 チャックのレミントン・ライフル復刻版

2000年に話を戻すと、ボルチモアのシンポジウムでの基調講演後、チャックはイギリスのアンドリュー・エヴァンズ＝ヘンドリックに引き会わされた。ヘンドリックが所有するライフルクラフト社は、プロ射手の養成とともに軍用ライフルの製造と改造を専門に行なっている。ヘンドリックは、チャックのレミントンM700スナイパーライフル愛にほだされ、チャックに負けず劣らずこの銃に夢中になった。そして、自分と組んで復刻版を作らないかともちかけた。

チャックがその提案に乗り、この企画の議論や計画をするあいだにふたりは興奮を高めていった。目標は、チャックがヴェトナムで輝かしい実績を重ねた火器と瓜《うり》ふたつの記念ライフルを103丁作ること。全ライフルを特別仕様にする。一つひとつにチャックのサインと001から103までのいずれかの番号を刻むのだ。それぞれがチャックの確認戦果の数に対応するという趣向だ。

ヘンドリックの橋渡しと専門知識、そしてチャックの名声と権威を武器に、ふたりはレミントン・アームズ社と接触した。レミントンは、ベースとなるライフルを作ることに同意した。この企画に賛同してくれたのだ。

同社の軍事プロジェクトマネージャーであるマイケル・ホーガンは、自身も特殊部隊のスナイパーだった経歴をもつ。このホーガンがレミントンのカスタムショップでライフル103丁を組み立ててくれた。

チャックとヘンドリックは次に、G・A・プレシジョンのジョージ・ガードナーに来てもらい、60・96センチの重銃身《ヘビーバレル》のフリーフローティング［バレルがレシーバー以外に接触せず浮いている構造］と、アクション部とストックのガタつきを抑えるピラーベッディング［金属製のネジのようなピラーを埋めこむこと］をほどこした。それぞれの銃の機関部《レシーバー》内のボルトの側面にチャックのイニシャルCBMと、米海兵隊のスカウト・スナイパーを表すMOSコード8541を入れる際も、ガードナーが監督した。さらに、各ライフルの底板に、チャックのサインと001から103までのいずれかの数字を刻ませてもいる。

3―9倍率レッドフィールド・スコープを正確に再現するために、チャックとヘンドリックはリューポルド社に足を運んだ。レッドフィールド・ライフルスコープ社の当時の親会社だったからだ。スコープを再現してくれることになったリューポルドは、この企画を軍事部門のケビン・トレパ部長に任せた。海兵隊将校でもあったトレパは、スコープの組み立てを監督した。

その次に必要になったのは、スコープをライフルに装着するマウントだ。チャックとヘンドリックは主にスコープマウントを製造しているバジャー・オードナンスが、たまたまオリジナルのM40マウントを保有しているのを知った。チャックの使っていたものと同じく、レッドフィールド・スコープとぴたりと合うよう調整されている。バジャーは、復刻版ライフルのためにオリジナルと寸分たがわぬマウントを１０３個作ってくれた。

２０１２年、刻印され完成したライフルがチャックのもとに送られてきた。４４２３g、チャックが使っていたライフルとまったく同じ重量だ。まずは自宅のガレージで、スコープをそれぞれライフルに装着した。それから地元の銃射撃場で、１７５グレイン（11・3グラム）ブラックヒルズ・ライフル弾を込めて全ライフルを試射。ログブックに結果を記入し標的にサインすると、ライフルとともに黒いプラノ・ケースにしまった。

復刻版ライフル１０３丁が完売して、チャックは喜んでいた。

著者後記

わたしがこの文章を書いている時点で、チャックのガレージをはじめて訪れてから4年の月日が経っている。チャックはこの本の執筆を了承してくれた。そのわたしへの信頼に、身の引き締まる思いだった。

だが、彼の伝記を書く機会が得られれば、その結果に対する責任も生じる。

この本でチャックの人生を忠実に伝えられるだろうか？

自分がそのために、最大限の努力をするであろうことはわかっていた。調査、旅、コンピューター画面の前で延々と過ごす日々。しかもそれは簡単な部分だろう。チャックとのインタビューは一筋縄でいくとは思えない。彼が戦争中のことを長年ひた隠しにしていたのは知っていた。心の奥深くに埋めこんだものを掘りだそう。そしてその恐ろしい記憶や体験をひとつ残らず吟味するのだ。

彼がそうした記憶にどう向きあうかが心配だった。

彼のガレージで2度目に会ったあと、わたしの不安は消え去っていた。

しばらくしてロビンから電話がかかってきた。チャックが悪夢にうなされているというのだ。それが本のためではないかと、彼女は心配していた。

チャックが苦しむようなことにはなってほしくなかった。彼の心の平安ほど重要なものはない。

わたしはロビンに、この企画を断念すると伝えた。それでもまったく問題ないと。

ロビンはホッとしたようだった。

数か月後、チャックから電話があった。

「例の本を書いてくれないか」

「本当にいいのか？　悪夢はどうなった？」

電話口の向こうから笑い声が聞こえた。

「悪夢のひとつやふたつ、どうだっていうんだ？」

謝辞

編集コンサルタントのC・リル・アーレンスには、いろいろ教えてもらい、この本の出版計画に著者とともに揺るぎない情熱を注いでくれたことに、お礼申しあげたい。

訳者あとがき

本書は米海兵隊最強のスナイパー、チャック・マウィニーの自伝的ノンフィクション、『*THE SNIPER: THE UNTOLD STORY OF THE MARINE CORPS' GREATEST MARKSMAN OF ALL TIME*』の全訳です。著者のジム・リンジーはチャックの友人で、その生涯を伝える語り部の役割を果たしています。チャックは米海兵隊の最多確認戦果103の記録をもっていますが、その数に、プロローグにある「聖バレンタインデーの大虐殺」の16戦果はふくまれていません。遺体が川に流されて上官が確認できる状況になかったからです。それでもこの時は彼ひとりの働きで、北ヴェトナム軍の大隊1個が戦意を喪失し、第5海兵連隊第1大隊デルタ中隊への攻撃を断念しています。

19歳のチャックが海兵隊員としてヴェトナムに送られたのは1968年5月。同年1月のテト攻勢からまもなくのことでした。テト攻勢では、北ヴェトナムとヴェトコン（南ヴェトナム解放民族戦線）が南ヴェトナムおよびアメリカ軍に奇襲攻撃をかけ、両陣営とも多大な犠牲を出しましたが、これをきっかけに、アメリカ国内世論は厭戦《えんせん》に傾くことになります。

そんな中、スカウト・スナイパー・スクールで優秀な成績を修めたチャックは、ヴェトナムに到着すると、あろうことか、歩兵として配備されます。手違いかもしれませんが、本書に「海兵隊にはスナイパーなぞいらんのだ！　必要なのは歩兵だ！」という台詞があるように、当時の米軍に狙撃を軽んじる風潮があったことは否めません。何しろ軍需産業から弾薬をいくらでも供給されるのです。「火力密度」（小銃火力）と「瞬殺」が重視され、数打ちゃ当たる的な戦術が優勢でした。18世紀の北米で英仏が戦った七年戦争以来、ライフル狙撃は戦術上重要な役割を果たしていますが、戦争が起こるたびにその意義が忘れられ、一部の人々の努力で再認識されることが繰り返されています（詳しくはジョン・ウォルター『図説 狙撃手百科』［角敦子訳、原書房］を参照）。

それでも機転の利くチャックは、スナイパー小隊への配置転換を成功させます。この不可能を可能にする創意工夫の才を、彼は痛快にも本書のいたるところで発揮しています。以来前線で19か月間を生き延び、海兵隊での確認戦果最多を達成しました。それを可能にした要因は何か。まずは観測手でいる期間が短く、すぐにスナイパーになれたこと。さらには故郷の山野で磨いた銃のスキルと高地で鍛えられた身体能力、仲間の歩兵が窮地を救いたくなる人柄と明るい性格。少年チャックは、家族と地域の愛に包まれて育ち、BB弾ライフルで遊び、十代になるとごく自然に猟銃を使いこなして軍への入隊を決意しました。そこにサイコパスの殺人鬼の姿はありません。

その証拠に除隊後チャックは、ＰＴＳＤ（心的外傷後ストレス障害）に苦しみます。戦争で殺しのライセンスを与えられたものの、十戒の「殺すべからず」はつねに頭にありました。その一方で、撃ち返せないほどの銃弾を浴びる悪夢も見る。チャックはそうした葛藤を心に封じたまま、半ば捨て鉢にさまざまなものにすがります。そしてついに自分を支えてくれるものを見つけるのです。

本書の原文には長さの単位にメートルとヤードが混在しています。著者に問い合わせると、チャックの分隊長だったマーク・リンピックに聞いて、当時の海兵隊ではヤードのみが使用されていたことを確かめてくれました。本人に直接尋ねなかったのは、チャック・マウィニーは残念ながら、もうこの世にはいないからです。２０２４年2月12日没、74年の生涯でした。

チャックは、最初に渡されたＭ16アサルトライフルをまともに発射できませんでした。この銃には、ジャングル環境で腐食する欠点があったようです。なお、観測手用のＭ14アサルトライフルは、ガス圧利用式で連射が可能、スナイパー用のレミントンＭ７００（制式名称Ｍ40スナイパーライフル）は1発ごとにボルトを操作して弾薬を送りこむ機構で、遠距離の精密射撃に適しています。グリースガン（Ｍ３短機関銃）は、第二次世界大戦中に開発され、油差しのような形状からこの呼び名がつきました。敵方のＡＫ-47アサルトライフルは頑丈がとりえのソ連製で、射程は３００メートル。Ｍ７００の８００メートル以上にはおよびません（マーティン・ドアティ＆マイケル・ハスキー『銃と戦闘の歴史図鑑　１９１４―現在』［角敦子訳、原書房］）。

最後になりますが、原書房の石毛力哉氏には本書の出版にご尽力いただき、訳文のブラッシュアップになるアドバイスを頂戴したことに、心よりお礼申し上げます。また、オフィススズキの鈴木由紀子氏には、ありがたいことに訳者が翻訳に専念できるよう心配りをしていただきました。本書はヴェトナムの戦場にいた元米国軍人からも、似たような状況にいた、リアルな描写だ、との評価を受けています。長い沈黙を破ったとき、チャックが求めたのはこのリアリティでした。

２０２４年11月

ＧＰＳなしではすぐに迷子になる訳者　角 敦子

【著者】
ジム・リンジー（Jim Lindsay）

文筆業と農業を営む。チャック・マウィニーと親しく、この友に語るべき物語があるのを知ると、幾度もインタビューを重ね、ヴェトナムでの現地取材をはじめ多くの調査を経て本書を書きあげた。本書のほかに『脱線』、『小さいろくでなしども』の著書がある。オレゴン州コーヴァリス在住。

【訳者】
角 敦子（すみ・あつこ）

福島県会津若松市生まれ。津田塾大学英文科卒。軍事、歴史、民俗学、政治など、ノンフィクションの多彩なジャンルに携わる。おもな訳書に、ウォーター『図説 狙撃手百科』、カウソーン『世界の特殊部隊作戦史 1970-2011』、ドアティ『世界の無人航空機図鑑』、ドアティ＆ハスキュー『銃と戦闘の歴史図鑑』、ペルトン『現代の傭兵たち』、ソルター『世界を変えた 100 の小説』などがある。

アメリカ海兵隊《かいへいたい》
最強《さいきょう》の狙撃手《そげきしゅ》と呼《よ》ばれた男《おとこ》

●

2025年1月17日　第1刷

著者…………ジム・リンジー

訳者…………角《すみ》 敦子《あつこ》

装幀…………一瀬錠二

発行者…………成瀬雅人

発行所…………株式会社原書房

〒160-0022 東京都新宿区新宿 1-25-13
電話・代表 03（3354）0685
http://www.harashobo.co.jp
振替・00150-6-151594

印刷・製本…………新灯印刷株式会社

ISBN978-4-562-07494-5, Printed in Japan